낙타처럼 걸어라

낙타처럼 걸어라

유현민 지음

이인북스
로仁 BOOKS

머리말

　정신적인 유목을 떠나는 사람들, 시간의 궤도를 이탈하여 어디로 가야 할지 몰라 우두커니 서 있는 사람들, 이제 더 이상 머무르지 말고 마음으로 믿는 나의 길을 향해 가라. 그 길이 설령 두렵고 힘든 길일지라도 자신의 길임을 알았다면 내 인생의 길로 확정하고 당당하게 걸어가라.

　설령 느리게 걸을지라도, 항상 깨어 있으라. 생각하고 있으라. 어떻게 할 것인가를 명상하라. 나는 지금 어디에 서 있는가? 내가 선택한 길에 얼마나 깊숙하게 들어와 있는가?를 생각하고 우리들에게는 언제든 새로운 길로 나아갈 수 있는 수많은 가능성이 열려 있다는 것을 기억하라. 더욱이 젊은이들에게는 자신이 내딛는 한 걸음 한 걸음이 모두 새로운 삶으로 가는 길이란 것을 잊지 마라.

　우리는 항상 구호에만 열광했던 것은 아닐까? 민낯을 드러내고 외쳐대는 아우성의 하나를 집어내 나에게 맞는 구호라서 무턱대고 추종했던 것은 아닐까?

　존재의 가벼움을 존재의 무거움으로 만들지 마라. 삶을 간결하게 꾸며라. 생명의 존엄을 인식하라. 지금 내 처지가 가장 힘든 상황에 놓여 있다면 나는 지금 성공에 단 한 발짝의 거리만 남겨놓고 있다고 생각해라.

지금이라도 늦지 않았다. 내가 누구인가를 짐작하고 나는 누구보다 능력 있고 잠재력이 있으며 무한대로 뻗어나갈 수 있다는 것을 증명하라. 그럼으로써 당당함을 보이고 어떤 일에든 자신감을 갖도록 하라. 내 능력의 한계를 스스로 짐작하지 말고 나는 무엇이든 해낼 수 있다는 것을 믿어라.

포기하려는 마음은 세상에서 느끼는 기쁨을 모두 말려버리려는 힘이 있다. 체념의 벌판에 홀로 서지 마라. 모든 것은 결국 나의 선택이다. 내 인생은 나 스스로 만들어 가고 나 스스로 성립시키는 것이다.

어둠에 질식하지 마라. 빛을 동경하라. 지금 우리가 다가가는 것은 어둠의 문이 아니라 어둠의 출구가 되어야 한다. 세상에 마련된 자유의 광장은 어디인가? 자유롭고자 하는 마음을 편안하게 눕히고 강한 햇빛에서 강한 자유를 느낄 수 있는 그 장소는 과연 어디인가. 내 자신 안에 마련된 그 광장을 찾아 느리게 걸을지라도 걸어가라. 낙타처럼 그 강인한 발걸음으로.

|제2부| 자기반성에 포스트잇을 붙여라

|제3부| 내뱉은 말에는 지우개가 없다

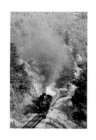

제1부

낙타처럼 걸어라

낙타처럼 걸어라

낙타처럼 걸어야 한다. 그리고 낙타처럼 강인한 생명력을 지녀야 한다. 그의
행로는 늘 뜨거운 사막에 있어도 그곳으로 향함을 멈추지 않는다.

낙타처럼 걸어라. 낙타는 사막에서 살아가는 포유동물 중에 가장 몸
집이 큰 동물로 걸으면서 되새김질하는 유일한 동물이다. 태양과 바람을
맞고 사막을 끝없이 걸으면서도 되새김질하는 건 그 순간조차 자신의 생
명을 유지하기 위한 본능이며 움직임이라고 나는 생각한다.

만약 낙타가 이글거리는 태양을 덜 받고 그 뜨거움을 참지 못해 그늘
만 찾았다면, 그래서 피부의 각질이 부드러움과 매끄러움을 갖추었다면
과연 그 뜨겁고 황량한 사막을 걸으면서도 되새김질할 수 있었을 것인
가? 자연의 섭리대로 환경에 적응하는 낙타의 걸음걸이에서 우리는 어떻
게 살아가야 할 것인가에 대해 배워야 할 것이 너무 많다.

나는 세상 사람들이 낙타와 같은 강인한 존재로 대자연의 일부분이면
서 그 본질적인 삶을 사랑하며 살았으면 좋겠다.

낙타는 사막의 황량하면서도 거룩한 땅을 향해 천천히 한 걸음 한 걸
음 걸어간다. 조금 더 걸어 사막 깊숙이 안기면 마침내 태양이 그 어느 때
보다 더 뜨겁게 내리쬘 것을 알면서도 그의 걸음은 멈춰지지 않는다. 정

말 위대하다. 뜨겁게 작렬하는 태양 속에서 휘날리는 모래바람을 뚫으면서 뜨거운 태양을 온몸으로 받아들이는 낙타의 순한 걸음, 느린 걸음일지라도 우리는 그 걸음에서 많은 교훈을 얻는다. 그리고 낙타의 그 건강한 털의 색깔에서 강인함을 보게 된다.

자연주의자 다윈은 이렇게 말했다.

"타히티 섬 사람 곁에서 목욕을 하고 있는 백인은 탁 트인 벌판에서 싱싱하게 자란 근사한 암녹색의 식물과는 대조적으로 흡사 정원사의 솜씨로 하얗게 표백된 식물과도 같았다."

햇볕에 그을린 피부는 건강함을 상징하는 한편 그러한 피부 올리브색은 흰색보다 더 잘 어울리는 강한 빛깔이다.

건강함은 어떠한 역경의 어려운 환경이라도 그것을 지배할 수 있다. 아니 환경에 적응하는 방법으로서 존재한다. 낙타만이 그 환경에 잘 적응할 수 있는 것은 아니며 인간도 그 절대적인 환경에 맞닥뜨리게 되면 낙타처럼 강인해질 수 있다. 생존을 향한 근성이 발휘되면 어떠한 환경도 지배할 수 있게 된다. 우리 동물의 습성이 그러하다.

우리는 낙타처럼 걸어야 한다. 그리고 낙타처럼 강인한 생명력을 지녀야 한다. 그의 행로는 늘 뜨거운 사막에 있어도 그곳으로 향함을 멈추지 않는다. 주어진 환경에 적응하며 살아가는 그의 모습은 위대하다. 경우에 따라서 가시 식물이나 건초 같은 형편없는 먹이로 살아가기도 한다. 낙타를 통한 위대한 발견은 바로 그런 생명력으로서 어떤 동물에서도 발견하기 어려운 질긴 생명력이다. 느리게 걸을지라도 낙타처럼 걸어라.

어디로 걸어가야 할 것인가

정신적인 유목을 떠나는 사람들, 시간의 궤도를 이탈하여 어디로 가야 할지를 몰라 우두커니 서 있는 사람들, 그러나 언제나 이미지를 완성하는 것은 빛이 아닌가.

왜 우리는, 때로 어디로 걸어가야 할지 결정하기 어려울 때가 있는 걸까? 그러나 대자연이 이끄는 대로 내 발걸음을 맡길 경우에 거기에는 우리를 올바른 길로 인도해 주는 미묘한 자력이 작용하고 있다고 나는 믿고 있다.

어떤 길을 걸을 것인가의 문제는 그리 중요한 것이 못된다. 올바른 길이 있음에도 불구하고 잘못된 길로 들어서기도 한다. 세상 누구도 걸어본 적이 없는 길을 걷는 수도 있다. 이 길은 내면세계와 이상세계 속에서 우리가 걷고 싶었던 오솔길과 완벽하게 일치한다. 그럼에도 우리의 의식 속에 명확한 방향설정이 되어 있지 않기 때문에 방향을 선택하기가 쉽지 않다는 것을 자주 깨닫게 된다.

어디로 걸어가야 할 것인가는 각자에 해당된 주권으로서 자기가 원하는 길이어야 한다. 남이 지시하는 것이 아니라 내가 선택하는 것이다. 남이 만들어 놓은 편한 길에서 행복한 것이 아니라 아직 개간되지 않은 척박한 길이라도 내가 선택한 길이라면 그 길에서 행복을 느낄 수 있다.

그러나 우리 주위를 살펴보면 지금 이 시간에도 어디로 가야 할 것인가를 정하지 못하고 방황하는 사람이 의외로 많은 것 같다. 정신적인 유목을 떠나는 사람들, 시간의 궤도를 이탈하여 어디로 가야 할지를 몰라 우두커니 서 있는 사람들, 그러나 언제나 이미지를 완성하는 것은 빛이 아닌가.

빛을 향해 걸어가라. 밝은 곳에는 언제나 확연하게 길이 드러난다. 어둠이 깃들면 가야 할 길을 분별하기 힘들며 발걸음이 고르지 않다. 늦지 않았으니 이제부터라도 나의 길을 정하고 그 길을 향해 걸어가라. 분명한 것은 빛을 향하고 어둠이 깃들지 않은 곳이면 좋다. 하지만 내가 정한 그 길이 반대의 길이라도 나의 선택에서 발견된 길이라면 그 길을 결코 나쁘다고 말할 수 없다.

왜 이 길을 가야 하는가 하는 뚜렷한 이유가 있으면 된다. 내가 이 길을 선택한 정당한 이유가 있으면 설령 남들이 갸웃해도 이상할 것이 하나도 없다. 어디로 걸어가야 할 것인가를 모르고 방황하는 사람이 문제이지 길을 떠나 자신의 목적을 향해 걸어가는 사람은 의미가 깊다. 그런 사람들에겐 가만히 서있는 사람이 해석할 수 없는 철학이 깃들어 있다.

주저하지 마라. 나의 길을 정하고 그 길로 행군하라. 힘들어 땀이 흘러도 어느 구간에서 그 땀을 식혀줄 시원한 바람이 불어올 것을 기대하라. 헉헉거리며 오르막길을 오르다 맞이하는 내리막길은 힘들게 올랐던 여정의 까닭을 일깨우며 그 깨달음은 다음의 오르막길을 오를 때 힘들다는 생각을 잊게 해준다. 그것이 삶이 주는 교훈이며 과정이다.

우리의 길은 목적을 정하지 않은 이상 어떤 길임을 예시하지 않는다. 길을 나서는 발걸음에 두려움이 깃들면 그 길이 빙하이고 산꼭대기이고 사막이며 뙤약볕 속이 된다. 그러나 목적이 정해지고 그 발걸음이 힘차면 그 길은 양탄자가 깔린 길이 되고 고속도로와 같은 순조로운 길이 된다. 그야말로 어떻게 마음먹느냐에 따라 결정된다.

마음으로 믿는 나의 길을 가라. 그 길을 도약의 발판으로 삼아 내 인생의 모습을 확정해라. 모든 꿈이 이루어지는 자신의 모습을 상상하고 가라. 내가 무엇이 될 것인가 하는 정해진 꿈을 따라 내 인생이 만들어지게 된다는 것을 믿어라.

우리는 왜 사는가

사는 것, 시간이 흘러가는 모든 것은 그 자체로 보면 된다. 달리 보려 해도 달리 인식하려 해도 그 자체가 달라지진 않기 때문이다.

'우리는 왜 사는가?

이것은 우리가 살아가면서 순간순간 자신에게 묻는 가장 깊이 있는 질문이기도 하다. 그러나 그 물음에 답한다는 것은 대단히 어려운 일이다. 그 심오한 질문에 대한 접근으로 많은 생각을 해보지만 단 하나로 축약해서 해답을 찾아낸다는 것은 대단히 어렵다. 그저 태어났으니까 맹목적인 단계로 살아간다든가, 많은 성공과 부의 축적을 위해 산다든가, 아니면 사랑을 위해 산다든가 하는 여러 해답으로 정의해 보려 하는데 그것 역시 가장 알맞은 해답이 될 수 없음을 깨닫게 된다.

그렇다면 왜 사는가 하는 원초적인 질문에도 정의로운 답을 내릴 수 없다면 우리는 더 깊은 철학이 담긴 내면의 것들을 고민하지 않을 수 없다. 아니다. 아주 간단한 해법을 내놓을 수 있을 것 같기도 하다. 그것은 왜 사는가 하는 의미가 삶이 주는 모든 것에 감사하며 내 모든 존재를 부각시키고 충만한 삶을 살아내는 일이라면 말이다.

삶을 어떻게 살라는 안내서를 받은 사람은 하나도 없다. 스스로 설계도를 만들고 시간표를 만들어 살아갈 뿐이다. 직구를 던지든 변화구를 던지든 자신이 가장 자신하는 무기를 사용하면서 살아가는 것이 가장 큰 장점이다.

미국의 소설가 캐슬린 노리스는 이렇게 말했다.

"삶을 살아간다는 건 당신이 생각하고 있는 것보다 훨씬 쉬운 일이다. 가능하시 않은 일은 인정하고 꼭 해야 할 일은 하고, 견딜 수 없는 일은 견디는 것, 삶을 살아가는 데 필요한 것은 이것이 전부다."

굳이 세상을 살아가는 것과 죽음과의 차이를 둔다면 우리가 차지하고 있는 그 너비의 차이일 뿐이다. 별것 없다. 삶과 죽음의 경계선 사이에 우리는 놓여 있을 뿐이다. 사람이 싸워야 할 상대는 죽음이 아니라 삶이다. 죽음은 받아들일 수밖에 없는 것이지만 삶은 자신의 뜻을 세워 창조시켜야 할 의무를 지니고 있기 때문이다.

해야 할 일 하고 하지 말아야 할 일을 하지 않으며 세상 풍파 겪어도 인내하며 삶을 살아내는 것. 괜히 철학적 심오함을 끼워 넣어 세상을 힘들게 살아가려 하지 마라. 세상은 그저 살아내는 것이고 사는 게 보람이면 된다. 이 외의 인식은 잘못된 인식이다. 세상에 대한 잘못된 인식은 우리의 생각을 마비시킬 수 있으니 경계심만 버리지 않으면 된다.

사는 것, 시간이 흘러가는 모든 것은 그 자체로 보면 된다. 달리 보려 해도 달리 인식하려 해도 그 자체가 달라지진 않기 때문이다. 덴마크 속담에 '구름이 하늘을 가린다고 해서, 또는 장님이 볼 수 없다고 해서 하늘이 덜 파래지는 것은 아니다.' 라는 말이 있다. 본질은 어떠한 일이 있어도 변하지 않는다.

나는 인생이란 적어도 반은 즐거운 과정이라고 생각한다. 누구에게나 그렇다고 생각한다. 그 즐거운 과정에서 사람에게 가장 즐거운 일은 자신이 다른 사람에게 필요한 존재란 인식을 받을 때이다.

왜 사는가 하는 논제에 성급하게 다가서지 말며 무겁게 생각하지 마라. 자연의 이치와 흐름에 맡기듯 해라. 바람이 불면 눈에 모래가 들어가는 것은 당연한 일이다. 그것을 피하려면 바람을 피하면 될 것을 바람을 피하지 않고서 눈에 들어간 모래를 탓하는 것은 얼마나 어리석은 일인가.

나도 알고 있다

인생은 짧은 이야기와 같지만 중요한 것은 그 길이가 아니라 값어치이다.

신이 이 세상을 장난 삼아 만들지 않았다는 것은 마호메트도 알고 있었고 나도 알고 있으며 그대들도 알고 있다. 그런데 세상을 장난처럼 사는 사람이 있다.

삶의 진지함이나 의미를 잃고 대강 살려는 사람, 삶의 철학이 빈곤하여 소모적인 행태를 보이고 사는 사람, 한 번뿐인 인생을 저주받은 인생처럼 생각하고 절망에 빠진 사람 등등, 이러한 사람들은 자신의 탄생에 대한 이유와 이 세상에서 어떻게 살다 가야 할 것인가에 대한 진지성이 결여되어 있다. 이런 사람들에게는 종내 어떻게 살아왔는가보다는 내 인생을 어떻게 살아가야 하는가에 대한 진지한 물음과 답이 있어야 한다.

가장 위대한 인물이 되어야 한다는 필요성은, 가장 성공해야 한다는 필요성은, 가장 옳아야 한다는 필요성은 절대적인 가치가 아닌 동시에 보편화될 수 없는 가치이다. 우리는 그렇게 살아가기 위해 다가가는 것이다. 그러다 보면 그 어떤 계기로 말미암아 새로운 발견을 하게 되고 진보를 가져올 수 있는 경우를 겪게 되기도 한다. 바로 로마가 비옥한 땅에 자리 잡았으나 주변 산지의 천연 요새로부터 여러 종족들로부터 침입을 받게 됨으로써 재산에 관한 법률을 발달시킨 것과 이집트가 해마다 되풀이되는 나일 강의 홍수로 말미암아 땅의 경계선을 다시 긋다가 삼각법을 발달시켰던 것처럼 말이다.

세상은 각기 모형을 만들고 그 모형제작에 힘쓰며 진지하게 살아가는 것이다. 장난처럼 헛되게 살아갈 수 있는 것이 아니다. 세상이 장난처럼 운영되면 거기엔 질서가 사라지고 발전이 저하되며 생명력이 사라지게 된다. 문화가 성립되지 않고 세상이 장난처럼 운영되었다면 인간은 여타 일반적인 동물보다 더 형편없는 동물이 되었을지도 모른다. 왜냐하면 그 어떤 동물도 자기 탄생의 이유와 생명을 간직하는 세상을 장난처럼 살지는 않기 때문이다.

인생은 짧은 이야기와 같지만 중요한 것은 그 길이가 아니라 값어치이다. 마찬가지로 세상은 대강 즐기며 살아도 되는 것 같지만 진지하게 살아야만 되는 의미를 지니고 있다. 왜냐하면 인생은 한 번뿐이기 때문이다. 그 어떤 시기도 점차 소모되어 사라지고 성장이 멈추고 나면 그 시간부터 인간은 부패되어 가는 것이기 때문에 인생을 소홀하게 보낼 수 없다.

삶은 흐름이다. 시간을 타고 조금씩 앞을 향해 가다 종내 생명의 에너지가 끊기고 세월은 한 인간을 무화無化시켜 한 줌의 흙으로 만든다.

젊음의 시절에 인생을 멀리 보면 아직도 세월이 많이 남아 있는 것 같지만 그런 세월을 먹고 산 뒤 뒤를 돌아보면 그것이 얼마나 짧은 시간이었던가를 깨닫게 된다. 그래서 세상을 장난처럼 살아선 안 되고 자기 인생에 대해 만족할 수 있는 진지한 삶을 살아가야 하며 가치 있는 삶을 살아야 한다고 말하는 것이다.

앨프레드 마셜은 이렇게 말했다.

"한 사람의 과거를 뒤돌아볼 때 만족할 수 있다는 것은 두 번 사는 것과 같다."

정확한 말이다. 만족한 삶을 누린다는 것은 시간의 생명을 연장시키고 그것에 대해 누릴 수 있는 즐거움을 전하여 그러하지 못한 사람의 삶보다 훨씬 풍요로운 삶을 살게 한다.

지금 진지한 삶을 살지 못하고 있다는 것을 깨닫게 된다면 당장 삶의 태도를 바꾸어라. 과거는 바꿀 수 없지만 미래는 바꿀 수 있으며 어떻게 마음먹느냐에 따라 전혀 다른 삶을 살아갈 수 있다.

삶을 건축하는 사람은 나 자신이다

미국의 민요 '내 고향으로 날 보내주'에 나타나는 늙은 흑인의 고향과 같은
그런 아늑하고 더 정다운 곳 없는 곳에다 튼실하고 아름다운 집을 지어라.

삶을 건축하는 사람은 나 자신이다. 나를 이 세상에 태어나게 해준 사
람은 어머니이지만 어머니의 젖줄을 떠난 후부터 나는 나의 삶을 살아갈
뿐이다. 나를 태어나게 해준 어머니도 나의 삶을 대신할 수는 없다.

인간의 삶은 아주 무력한 상태에서 시작된다. 이제 막 태어난 아기가
스스로 할 수 있는 일이라곤 반사적인 행동 외에는 없다. 스스로 통제할
수 있는 일련의 근육은 그저 젖을 빠는 데 힘을 쓰는 정도이다.

삶은 나 자신이 의식하지 못한 가운데 주어졌다. 내가 죽는 날까지 그
것은 나와 함께할 것이며 질식할 정도로 밀착해 떠나지 않을 것이다. 그
런 삶이 우리에게 제시하는 질문이 있다. 우리는 그 질문에 적극적으로
성의를 다해 답할 것인지 아니면 답을 미루고 타인의 삶에 기대어 살아
갈 것인지는 각자 결정해야 한다.

우리는 각자 자기의 삶을 살아가면서 자신의 건물을 독자적인 힘으로
조금씩 완성해 가야 한다. 아름답고 튼튼한 건물을 지을 것인지 초라하
고 부실한 건물을 지을 것인지는 각자의 설계와 노력에 달린 것이지 획

일적인 건물로 지어지는 것은 아니다. 아울러 어떠한 형태로든 자신의 건물을 다 지었을 때는 그 건물에 대한 책임을 져야 한다. 이등변삼각형이나 균형이 잘 잡힌 건축물처럼 우리 인생도 그래야만 한다. 균형 잡힌 건축물은 아름답다. 그 아름다운 건축물을 만드는 것은 나 자신이다.

우리는 어떤 일을 할 능력이 없는 것과 할 생각이 없는 것을 구분할 줄 알아야 한다. 할 능력이 없는 것은 수준에 관한 문제이지만 할 생각이 없는 것은 의지에 관한 문제이기 때문이다.

해안은 파도와 맞서는 안정성을 대표하고 있다. 아름답고 그렇지 않고는 전혀 별개의 문제다. 난파당한 배에서 살기 위해 헤엄치는 방향은 해안이지 수평선은 아니다.

해안을 바라보라. 기댈 곳은 거기다. 목적이 있고 생명이 있고 줄거리가 있는 곳, 내 삶의 건축물도 그곳에다 지어라. 바다는 항상 풍파가 있어 순조롭지 못하다. 그 위에 내 삶의 건축물을 지을 순 없다. 언제 휩쓸려 가버릴지 모를 환경은 내가 살아갈 곳이 못 된다.

미국의 민요 '내 고향으로 날 보내주'에 나타나는 늙은 흑인의 고향과 같은 그런 아늑하고 더 정다운 곳 없는 곳에다 튼실하고 아름다운 집을 지어라. 내 삶의 지형을 살피고 굳건한 건축물을 지어라. 거듭 말하거니와 내 삶을 건축하는 사람은 나 자신이다. 어느 곳에다 어떤 건축물을 짓는가 하는 모든 결정은 내가 내리는 것이다.

삶의 건축은 오랜 시간에 걸쳐 만들어져야 한다. 미루는 것도 허용되지 않는다. 미루는 만큼 건축의 시간은 단축이 되고 그러면 부실한 건축

물을 지을 수밖에 없게 된다. 계획에 의한 건축물이야말로 견고하고 미려하게 지어진다.

당신의 의무는 언제나 나 스스로에게 충실하는 것이다. 일을 통해 자신의 가치를 실현하고 목표를 이룬다. 이것이 인생의 의미이고 그것을 추구하는 것은 인간의 본성이다.

내 인생의 건축물은 견고하고 그 어떠한 풍랑에도 꿋꿋이 견딜 수 있어야 한다. 그러기 위해선 모든 일에 있어 정열과 그것을 이루고야 말겠다는 욕구가 성립되어야만 한다. 대충 짓고자 하는 안일한 삶의 태도로는 훌륭한 인생을 살아갈 수 없다.

내 삶을 건축하는 사람은 나다. 그 누구도 내 삶을 건축하지 않는다. 그건 불가능한 일이며 신도 어쩔 수 없는 나만의 결정권이다.

느리게 걸을지라도

느리게 걸을지라도 항상 깨어 있으라. 생각하고 있으라. 어떻게 할 것인가를 명상하라.

천천히 걸어가도 언젠가는 목표 지점에 다다를 수 있다고 생각하지만 그러나 그 걸음에는 항상 가치가 있어야 한다는 것을 잊지 말아야 한다. 희망의 목표는 그런 가치가 조금씩 쌓여갔을 때 비로소 이루어지고 얻어지는 것이다.

느린 걸음일지라도 가치가 있는 걸음을 걸어라. 뜻있는 걸음은 뜻있는 인생을 만들고 어떻게 살아야 하는가를 가르치면서 인생길을 리드한다.

인생을 뜻있고 가치 있게 보내려면 뚜렷한 목적의식을 가지고 위대한 사상을 연마하고 현실에서 요구하는 문제를 바로 보아야 한다. 그리고 지속적인 계획을 세우고 한발 한발 앞으로 걸어가야 한다. 비록 능력이 부족하더라도 가치 있는 목표를 가지고 꾸준히 노력하는 사람은 반드시 성공을 거두게 된다는 것을 기억하라.

노력은 성공으로 가는 가장 좋은 신작로이다. 노력에 비례해 성공의 두께가 만들어지고 높이가 쌓아지며 분량이 나타난다. 노력만이 모든 것을 가능하게 한다.

어떤 사람들은 전혀 걷지 않는다. 또 어떤 사람들은 큰길로만 걷고 잘 닦여진 길만 찾아서 걷는다. 풀이 우거진 초원을 가로질러 걸으려는 사람은 드물다. 그 길이 어떤 길이던 자유에 해당하는 걸음이지만 걷는 이유가 타당하면 그 걸음은 가치가 있다. 왜 내가 이 길을 가는지 뚜렷한 목적이야말로 신징한 의미를 지니고 있는 것이다.

어떠한 목적을 향해 걸어가든 가치가 있어야 한다. 이것은 목적의 중요한 요소이다. 가치만이 목적을 위한 목적이 될 수 있다. 가치 없는 일에 노력을 기울일 수 없고 목적을 이루어도 그 목적에 뜻이 있을 수 없다.

빨리만 걷는다고 능사가 아니다. 천천히 걸어도 그 걸음에 가치가 있으면 된다. 길을 걷다 마주치는 돌멩이 하나도 존재의 이유를 깨닫게 된다면 함부로 발길질 할 수 없는 것처럼 내 존재이유와 살아가는 방향에 대하여 그것을 어떻다고 지적하거나 논제거리로 차단시켜선 안 된다.

나는 나의 일이 있고 삶이 있다. 때론 모순에 속하기도 하고 때론 올바른 방향이 아니더라도 내가 판단한 길이라면 그 길이 느릴지라도 소중한 삶의 길이 된다.

우리는 다소 느리더라도 자신이 좋아하는 일을 하는 것이 중요하다. 그래야만 일에 대한 가치를 느낄 수 있고 새로운 세계를 경험할 수 있다. 시간이 적다고 생각하지 말고 그 동안이라도 적다고 생각한 일을 처리하는 것이 현명한 방법 아니겠는가?

느리게 걸을지라도 항상 깨어 있으라. 생각하고 있으라. 어떻게 할 것인가를 명상하라.

나폴레옹은 다음과 같이 말했다.

"나는 언제나 노동하고 있다. 그리고 늘 생각한다. 내가 항상 어떠한 일에 당면했을 때 당황하지 않고 즉시로 처리하는 것은 미리 여러 가지 경우에 대해서 생각해 두었기 때문이다. 다른 사람이 예상조차 할 수 없는 돌발 사태에 처했을 때에 즉시로 내가 해결해 버리는 것은 내가 천재이기 때문이 아니라, 평상시에 있어서의 명상과 반성의 결과인 것이다. 식사할 때나 혹은 극장에서 오페라를 구경할 때도 나는 늘 머릿속에서 움직이고 있다."

느림의 미학을 결정하는 것은 깨어 있음이다. 명상과 반성의 혼재이다.

자유라는 이름 대신 외로움이

> 자유라는 관념은 정신세계에서 나타난 것이기 때문에 홀로 있고 함께 있고의
> 차이에서 나타나는 것은 아니다.

로빈슨 크루소도 무인도에서 혼자 살 때는 완전히 자유로울 수가 있었다. 그러나 이 자유를 누리는 대신 심한 외로움을 참아야 하는 값을 치러야 했다.

즐거움으로 얻어지는 것은 그만큼의 반대적인 고통이 따른다는 것을 알고 있어야 한다. 모두가 한결같은 흐름은 없다. 자기 구속으로부터 벗어나는 일, 바퀴는 베어링이 마찰 없이 잘 구를 때 자유롭고 말은 고삐에서 풀려나야 자유로운 법이다. 자기를 구속하는 일이 있어선 자유를 누릴 수 없다.

그러나 인간은 자기를 구속하는 일에서 벗어나 자유를 누리면서도 누군가에게 어느 정도는 의존하고 살게 된다. 그것이 정신적이든 물질적이든 의존하게 되는데 그것이 삶의 즐거움으로 나타나게 된다면 의존에 대한 부담이 사라진다. 그러나 반대의 경우 그의 삶은 외롭고 혼자라는 고립감에 묻혀 살게 된다.

무소니우스는 '인간의 본성은 벌과 비슷하다. 벌은 혼자선 살 수 없

다. 다른 존재 없이 벌은 홀로 남으면 죽게 된다.'고 말했다.

인간은 다른 사람과 더불어 살도록 만들어졌다는 것을 잊지 마라. 자유는 그런 가운데서 찾아져야 한다. 혼자 생활하며 어떤 책임감 하나 짊어지지 않고 살아가는 것은 진정한 의미에서 자유라고 할 수 없다. 또한 자유는 나를 올가미에 가둔 장벽을 찢고 나왔을 때 누릴 수 있는 것이지 그 안에 갇혀 자유를 갈망하는 것은 자유를 박탈당한 채 삼옥에 갇혀 살고 있는 것과 다르지 않다. 사람이 살아가는 동기 중 하나가 바로 자유를 향한 욕망이 아닐까.

홀로 있는 것과 외로움은 다르다. 외로움은 그냥 자기고립 작용에 의해 나타나는 것이고 홀로 있는 것은 외로움을 정지시키고 나를 바라보는 자아의 작용이다. 그럼에도 대다수의 사람들은 이것을 동일시하는 경향이 있으나 이것은 전혀 본질이 다르다.

로빈슨 크루소가 무인도에 혼자 살 때 외로움을 참아야 했던 것은 자기고립 작용에 의해 나타난 것이지 그 무엇도 아니다. 자유라는 관념은 정신세계에서 나타난 것이기 때문에 홀로 있고 함께 있고의 차이에서 나타나는 것은 아니다.

자아의 세계를 어떻게 극복하고 있느냐에 따른 결론이다. 다수와 함께 살아가고 경쟁을 통한 행복의 추구나 물질적인 소유욕에 따른 것들로 말미암아 생겨나는 것일 뿐이다. 만일 다수와의 경쟁 등이 나와 소용없어진다면 그 자체로 자유에 절로 물들게 된다.

4천 년 전 수메르 설형문자로 쓴 글에 이런 수사법이 나타난다.

"옛날에는 뱀도 없고, 전갈도 없고, 하이에나도 없고, 사자도 없고, 들개도 없고, 늑대도 없고, 두려움도 없고, 무서움도 없어 인간에게는 경쟁

자가 없었다."

　수메르 설형문자에 나타난 수사법이 만일 지금도 존재한다면 우리는 한결 마음 편한 상태가 되었을 것이란 짐작이다. 지금보다 여러 면에서 자유로워질 수 있었을 것이고 로빈슨 크루소가 무인도에 들어가 외로움을 인내하며 자유를 갈구하지는 분명 않았을 것이다. 그런 생각이다.

　사람은 자신의 행동과 사상을 재해석하다 보면 자신을 보다 발전적이고 현명한 방법으로 전환시킬 능력을 가지고 있는 것처럼 자유에 대한 개념도 새로운 방법으로 전환시키면 아주 쉽게 아주 간단한 방법으로 향유하게 되지 않을까? 정말 그런 생각이다.

인디언의 기도

기도는 바람이다. 바라는 것 모두를 우리는 거기에 묻어둔다. 그리곤 거기서
잉태하는 씨앗으로 바람을 채우게 된다.

인디언의 기도에 다음과 같은 기도가 있다.

"내가 다른 사람을 판단하거나 비판하기 전에 그 사람의 신발을 신고 걸을 수 있는 지혜를 주소서."

이 기도는 내가 아닌 다른 사람의 입장을 헤아리며 살게 해달라는 기도이다.

사람들의 기도는 다양하다. 저마다 삶의 방식에 따라 또한 당면한 처지에 따라 기도는 여러 갈래가 되고 새로운 내용의 기도도 찾아진다. 그러나 나를 위한 기도가 아닌 남을 위한 기도를 한다는 것은 정작 쉬운 일이 아니다.

타인을 위한다는 것은 새로운 창조다. 모든 것이 나 위주로 흘러가는 세상에서 남을 위한다는 것은 그 자체로서 인격이며 흠모할 수 있는 문화이다. 나를 흘려버리고 남을 생각한다는 것 자체가 모진 노동 속에서 흘리는 땀이며 삶의 결과이다.

나의 기도가 무엇인가. 그 내용이 어떤 것인가를 지금 이 시간 더듬어

생각하라. 황금을 입힌 것처럼 빛나는 기도가 그대 마음속에 새겨 있기를 바란다.

중세에 건립된 수많은 대성당, 거기서 울려 퍼지는 그 종의 아련한 울림은 영원히 모성적인 것으로서 사랑하는 사람, 집을 떠난 자식, 병자, 상처 입은 사람, 마음을 안정하지 못한 사람을 부르는 소리이기도 하며 기도이기도 하다. 그리운 위안이기도 하다.

저녁놀이 반짝이는 잔잔한 물결 위로 산타 마리아의 종소리가 깔린다. 저녁기도를 알리는 종소리이다. 고기잡이에서 돌아오던 뱃사람도 먼 여행길에서 돌아오는 집나간 자식도 그 울림에 한결같이 가슴 앞에 손을 모아 기도한다. 이러한 정경을 상상하는 것은 이를테면 이탈리아 나폴리만 동쪽의 활화산인 베주비오산을 바라보는 나폴리의 항구이기도 하다.

기도는 숨잡이이다. 기도에는 고르지 못한 호흡을 진정시키며 들떠 있는 마음을 차분하게 가라앉히는 진정성이 있다. 기도는 내가 어떻게 살려고 하는 방향을 생각하게 하며 경건한 마음으로 살게 하려는 다짐이 있다. 그래서 삶의 기도는 필요하다. 기도는 바람이다. 바라는 것 모두를 우리는 거기에 묻어둔다. 그리곤 거기서 잉태하는 씨앗으로 바람을 채우게 된다. 채우려는 마음이 간절할수록 기도는 간절하게 되고 거기에 따른 감사한 마음이 전달된다.

우리는 추억을 가장 좋게 편집하려고 애쓴다. 나이가 적든 많든 지나온 날에 대한 추억을 그렇게 편집하려고 하는 것은 일관성 있게 내 삶에 대한 의미

를 부여하고 싶은 마음에서이다. 그런 의미도 우리는 기도하는 마음으로 간직하고 아껴야 한다.

기도는 간절한 애원이자 소망이다. 그리고 그렇게 될 수 있음에 대한 바람이다. 욕심이나 탐욕을 거르는 여과지이다. 기도 속에는 세상에 존재하는 진실 모두가 존재한다. 다만 기도의 내용으로써 어떤 진실을 기도하는가 하는 점만 다르다. 아니 기도 자체는 세상의 진실 모두를 끄집어내어 한꺼번에 소망할 수 있다.

기도의 모습은 머리 숙임이다. 두 손을 모으고 차분하게 기도하는 마음에는 우리들이 바라는 성립이 있다. 기도의 경건함은 모든 것을 포용한다.

"불에 피운 향이 인간의 생명을 상쾌하게 하는 것처럼 기도는 인간의 마음에 희망을 북돋워 준다."

괴테의 말이다.

나는 무엇을 보고 있는가

한 알의 모래 속에서 세상을 보고 한 송이 들꽃에서 천국을 보면 어떨까? 그대
손바닥 안에 무한을 쥐고 한순간 속에서 영원을 보면 어떨까?

내가 애송하는 윌리엄 블레이크의 시는 다음과 같이 시작된다.

한 알의 모래 속에서 세상을 보고
한 송이 들꽃에서 천국을 본다.
그대 손바닥 안에 무한을 쥐고
한순간 속에서 영원을 보라.

　　　(중략)

모든 농부는 잘 알고 있다.
자신이 보는 것을 의심하는 사람은
그대가 무엇을 하건, 그것을 결코 믿지 않을 것이다.

내가 바라보는 세상과 내가 바라보는 사물들은 그것을 어떻게 바라보
느냐에 따라 뜻이 달라지고 그것을 대하는 방법에 따라 달라진다. 고른
시선으로 바라볼 때와 거친 시선으로 바라볼 때가 다르고 마음의 평정으

로 대하는 세상과 혼란스러운 마음으로 대하는 세상일 때도 다르다. 뿐만 아니라 사람을 대할 때도 사랑으로 대하는 것과 증오로 대하는 것이 다르다. 긍정으로 대하는 것 다르고 부정으로 대하는 것 역시 다르며 진실을 내세우는 것과 거짓을 내세우는 것 역시 다르다.

자그마한 언덕에 홀로 서 있는 소나무를 본 적이 있는가? 아니면 들판에 홀로 서있는 나무를 본 적이 있는가? 우리들이 살고 있는 이 땅에서 그들도 함께 존재하는 것이 세상이고 그들을 바라보고 사는 것이 우리네 삶의 정경이다. 그런데 그 자체를 보지 못하고 인정하지 못하고 우리는 이분법에 갇혀 자신이 무엇을 보고 있는가 하는 것에만 시선이 고정되어 있다.

내가 보고 있는 것이 모두 옳은 것이란 고정관념에서 벗어나지 못하는 경우가 의외로 많다. 아니면 내가 보고 있는 것이 모두 그르다는 것을 인식하는 것까지도 역시 그렇다.

이런 경우는 의외로 나이가 많은 사람에게서 나타난다. 획일적이 되고 선입견에 사로잡혀 있는 경우가 많다. 이는 뇌의 구조가 굳어지면서 사고 또한 굳어져 자기들이 경험한 것들에 대해 고정되어 있기 때문이다. 패턴이 만들어져 거기에 갇혀 빠져나오질 못한다. 젊은 사람들은 그 것을 지적한다. 그러나 머지않아 젊은 사람도 나이가 들면서 그렇게 되어 간다는 것을 경계하는 것이 좋다.

보이는 현상을 그대로 인정하는 것은 아주 간단하다. 그러나 그 존재 자체를 그대로 이해하는 일은 어렵다. 형이상학적 아니면 형이하학적인 편견된 사고에 매몰된다.

한 알의 모래 속에서 세상을 보고 한 송이 들꽃에서 천국을 보면 어떨까? 그대 손바닥 안에 무한을 쥐고 한순간 속에서 영원을 보면 어떨까? 자신이 보는 것을 의심하는 사람은 그대가 무엇을 하건, 그것을 결코 믿지 않을 것이란 농부의 마음을 안다면 어떨까?

마크 트웨인은 이렇게 말했다.

"사람은 달과 같아서 언제나 자신의 가장 환한 일면을 드러내며 어두운 면은 영원히 감춰지기를 바란다."

이는 사람의 본성이 대개 그러한 것을 갈파한 것이다. 사람은 자신 있는 것을 남에게 드러내려 애쓰며 남에게 보이고 싶지 않은 것은 감추고 싶어 하는 속성이 있다.

아무것도 모른다는 것을 알라

마음속의 신전이 필요하다. 거기에 나의 우상을 모셔 둘 필요가 있다. 그 우상
이 꼭 어떤 존재일 필요는 없다.

우리는 자신에 대해서 얼마나 알 수 있을까? 인생에 대해서, 행복에 대해서, 사랑에 대해서 얼마나 알 수 있을까?

아무것도 모른다는 것을 전제하고 생각하라. 인생이나 행복, 그리고 사랑에 대해 아니 인생의 전반에 대해 우리가 무엇을 알 수 있을까? 그것을 다 알고 있다고 믿는 순간, 공허한 감각이 우리를 지배한다. 그러나 공허한 감각에 지배당할지라도 우리는 인생에 대해서 고뇌해야 하고 행복에 대해서 느껴야 하고 사랑에 대해서 접근해야만 되기 때문에 모른다는 것을 생략하고서 불쑥 다가섬은 우리의 본능이다. 그렇다면 본능은 충실해야 하고 견고해야 하고 철학이 있어야 하고 힘이 있어야 한다.

인생을 두려워하면서 살아가면 행복해질 수 없다. 그런데도 두려운 인생을 살아가야 할까? 언젠가 사라지고야 말 것들에 대해 집착하고서 과연 진정한 행복을 찾을 수 있을까? 아니다. 진정한 행복은 영원히 존재할 것들에 대해 애정을 보이고 마음을 그 중심에 둘 때 가질 수 있게 된다.

두려움의 유사流砂에 말려들지 마라. 두려움을 갖는 것 자체가 자신이 낮은 단계로 가고 있음을 증명하는 것이다. 나쁜 일은 두려움 가운데 생겨난다. 인생도 두려움을 가지면 나쁜 인생을 만들게 되지만 그것을 떨치면 좋은 인생이 된다.

마음속의 신전이 필요하다. 거기에 나의 우상을 모셔 둘 필요가 있다. 그 우상이 꼭 어떤 존재일 필요는 없다. 정신적인 우상일 수도 있고 형상에 모셔둔 대상이어도 괜찮다. 그로 말미암아 내가 살아가야 할 방향을 찾게 해주기만 하면 된다.

미리 나의 인생이 어떻게 전개됨을 알 수 있는 사람은 없다. 행복에 대해 사랑에 대해 말해 줄 사람도 없다. 내가 어떤 사람이 될 것인가를 생각하는 순간부터 나의 세계는 만들어진다.

내가 있어야 할 장소는 배워서 내가 성장할 수 있는 곳이어야 한다. 그냥 단순히 바라는 것은 실망을 가져올 뿐이다. 중요한 것은 내가 영위해 가는 삶을 위한 노력으로서 그 결과를 기대하는 것이다. 거기에 희망이 존재한다.

우리가 살고자 하는 인생과 추구하고자 하는 행복이나 사랑은 예견할 수 없다. 그러나 진리는 그 모든 것들이 우리의 노력에 의해 만들어지고 우리가 어떤 목적을 부여해 어떻게 그것을 다스리고 사느냐에 따라 결정된다는 것은 분명한 사실이다.

어떤 경우에 있어서도 자신이 옳다고 믿는 것은 확실히 신뢰하고 즉시 실천하라. 그것이 길이다. 인간의 행동은 생각의 결과에서 나타난다. 생각 없는 행동은 없다. 아울러 어떤 생각을 가지고 그것을 행동으로 연결해 인생을 만들어 가느냐 하는 점은 각자의 몫이다.

사람들은 사소한 일은 아주 경시하는 경향이 있다. 그러나 세상의 모든 일들의 시작은 사소하다. 그것들이 모여 큰일을 만드는 것을 모르고 사소한 일들이 만들어내는 근본적인 중요성을 생각지 않는다. 사소한 일을 거쳐야만 큰일에 도달할 수 있다는 생각을 마음속 깊이 새겨야 한다.

아무것도 모른다는 것을 알라는 말은 무지를 말하는 것이 아니다. 겸손이며 신념을 담으라는 말이다. 목표를 가지고 살아야 한다는 말이다. 신념과 목표는 살아가는 데 있어 커다란 원동력이 된다. 이 힘만 있으면 세상에 이루지 못할 것은 하나도 없다.

다시 시작하려는 데 늦은 때는 없다

실패를 다시 시작하려는 결심과 결합하면 어떻게 될 것인가를 상상하라. 성공할 수 있다는 새로운 감각이 나를 흥분시키지 않는가?

다시 시작하려는 데 늦은 때는 없다. 인간 존재는 그 너머로 갈 수 있는 능력을 가지고 있다. 목표를 정하고 무엇을 하고자 하는 결심만 한다면 세상에 해내지 못할 일은 하나도 없다.

도널드 미첼은 이렇게 말했다.

"결심이야말로 인간의 능력을 발휘시키는 결정적인 것이다. 결심치고 하찮은 것이 없고 결심치고 조악한 것이 없다. 그리고 목표치고 그릇된 것이 있을 수 없다. 그리고 강인하고 지칠 줄 모르는 의지야말로 어린애가 겨울날의 서릿발을 밟듯, 어려움과 위험을 무너뜨리고 오직 목표를 향한 집념으로 인간의 두뇌를 불태우는 것이다. 의지는 인간을 위대하게 만드는 것이다.

"또한 헤라클레이토스도 결심에 대해 다음과 같이 말했다.

"처음 결심한 일을 끝까지 지니지 못함은 잡념에 마음이 끌리기 때문이다. 무슨 일이고 한 가지 일을 성취하려면 그 밖의 다른 일을 생각하지 말아야 한다. 그렇기 때문에 여러 가지 일 중에서 가장 중요한 일 하나를 선택하는 것이 중요하다. 영원히 영예로운 일을 취하고 사멸해 버릴 것은 처음부터 버리는 것이다."

사람은 자신이 무엇을 할 것인지를 뚜렷하게 정해야만 그 목표를 달성할 수 있다. 목표가 뚜렷이 정해지지 않았는데 목표를 이룰 순 없다. 목표가 정해지면 그 목표를 꼭 이루고야 말겠다는 결심이 필요하다. 다시 시작하려는 것은 한 번의 실패를 맛본 뒤에 내리는 결론이고 그러하기 때문에 다시는 실패하지 않으려는 자기반성과 노력의 결심을 마음속 깊이 새겨두지 않으면 안 된다.

성공으로 가기 위해선 무엇보다 자기 자신의 개혁이 필요하다. 새 것은 낡은 것보다 강하고 현재는 과거보다 강하며 전통보다 개혁이 더 강하다는 인식이 필요하다. 여태껏 해온 방식을 해부하고 실패의 결론과 대항하여 새로운 패턴의 성공 전략을 세워야 한다. 실패가 가져온 나를 짓누르는 모래주머니를 벗어버리고 홀가분한 발걸음으로 나서라. 나트륨과 염소는 그 자체로는 치명적인 독소를 가지고 있지만 그러나 소금으로 결합하면 우리 몸을 이루는 가장 기본적인 화학물질이 되는 것을 어쩌랴.

실패는 나를 무너뜨린 잠재적 절망을 내포하고 있다. 웬만해선 내 몸 안에서 빠져나가지 않는다. 그러나 나트륨과 염소가 소금으로 결합하면 우리 몸을 이루는 가장 기본적인 화학물질인 것처럼 실패를 다시 시작하려는 결심과 결합하면 어떻게 될 것인가를 상상하라. 성공할 수 있다는 새로운 감각이 나를 흥분시키지 않는가?

불현듯 눈을 뜨고 바라본 현상에서 아름다움의 극치를 느끼고 문득 하늘을 바라보았는데 갑자기 그 너머의 무한성을 자각한다든지 하는 현신은 강한 욕구를 발산한다. 삶의 각성이 되기도 하고 신비스러움을 간직하기도 한다. 삶은 그런 가운데서 우리를 인도한다.

결점을 어떻게 받아들이느냐에 따라 긍정이 될 수도 있고 부정이 될 수도 있다. 결점을 극복하려는 자세가 마련되어 있으면 결점은 그다지 결점이 되지 않는 반면에 결점을 끌어안고 그 상태로 머물면 결점에 매몰되어 인생을 망칠 수 있다. 다시 한 번 반복하지만 다시 시작하려는 데 늦은 때는 없다. 실패했으면 다시 시작하라.

가장 중요한 것은 결실이다. 실행에 옮기려는 다짐이다. 포기하려는 마음만 버리면 된다. 다시 시작하려는 마음가짐으로 자기 자리를 찾는 일이다. 무엇을 어떻게 해야 할 것인가 하는 뚜렷한 목적만 가지고 있으면 된다.

괴테는 "네게 가장 잘 어울리는 곳이 네가 서 있어야 할 자리"라고 했다. 무엇을 해야 할지 몰라 갈팡질팡하는 사람이 가장 기억해야 할 말이다.

이 말을 기억하라. 그리곤 다시 시작하라. 다시 시작하려는 데 늦은 때는 없다.

너 자신을 알라

삶에는 우연적이란 요소가 없다. 그것을 앎에는 깨달음이 있어야 한다. 자기
자신에 대한 깨달음이 있어야 한다.

옛적의 가장 확실하고 현명한 지혜는 신이 가르쳐 준 지식, 즉 '신탁'
이었는데 소크라테스가 하는 말은 신탁에 비길 만큼 많은 사람들에게 감
동을 주었다.

그의 제자가 된 플라톤은 디오니소스 극장 앞을 지나다 소크라테스의
연설을 듣고 극작가 지망생이었지만 철학을 택했다. 플라톤은 이 연설을
듣고 그동안 써온 작품을 모두 불태워버린 뒤 소크라테스를 따랐다. 그
러면서 그는 인간의 세계, 인간의 삶, 모든 존재에 관한 것들을 생각하면
서 철학체계를 정립하여 그리스 철학사에서 위대한 인물로 기록되었다.

그는 귀족 출신이었고 높은 교양을 갖춘 인물로서 21세에 소크라테스
의 제자로 들어와 28세 때 스승이 세상을 떠날 때까지 오로지 학문에 열
중하고 있었다. 그는 네 가지 사실을 신들에게 감사한다고 말했다. 첫째
는 동물이 아닌 사람으로 태어난 일, 둘째, 여자가 아닌 남자로 태어난
일, 셋째, 다른 나라 사람이 아닌 그리스 사람으로 태어난 일, 넷째, 소크
라테스 시대에 아테네에서 태어난 일이다.

철학자에게는 '얼마나' 사는지가 아니라 '어떻게' 사는지가 더 중요한 문제다. 그것이 철학자가 생각하고 있는 바람직한 삶의 정의이고 그것이 지켜지지 않을 때 철학자는 모든 것을 무의미하게 생각한다.

'너 자신을 알라.'

이는 자신이 고유한 존재라는 중요한 사실을 인식하는 것이 가장 중요하다는 뜻이고 또한 올바른 인간으로 성장하기 위해 자기의 부족함을 깨닫고 자기 이상을 정확히 판단하라는 가르침이다. 소크라테스가 자기를 찾아오는 제자들에게 '자신이 다른 스승들보다 앞서는 것은 내가 무엇을 모르는지 그것을 알고 있다는 점'이라고 말했다. 내가 무엇을 모르는지도 모르는 사람에게서 무엇을 배우겠다는 것인가?

자기 자신을 아는 것이 행복보다 더 중요하다는 사실을 알아야 한다. 자기 자신을 모르고 살아감은 모든 면에서 허술하기 때문이다. 수학의 공식을 알지 못해 문제를 풀지 못하는 학생에게는 수학이 대단히 어려운 것이 되지만 수학의 해법을 알고 있는 학생에게는 식은 죽 먹기로 쉬운 것이 수학이다.

이렇듯 해법을 알고 있는 것과 모르는 것의 차이는 크다. 인생에서도 내 삶의 해법을 알고 살아가는 사람과 왜 사는지도 모르고 그냥 파도에 밀리듯 살아가는 사람의 인생은 다르게 나타난다. 행복과 불행의 근원을 안고 다르게 살아가게 된다.

삶에는 우연적이란 요소가 없다. 그것을 앎에는 깨달음이 있어야 한다. 자기 자신에 대한 깨달음이 있어야 한다. 사람은 자신의 지식과 무지의 수준에 따라 스스로를 판단하는 해석이 다르게 나타난다. 자신의 영역 내에서 행동하고 판단하고 그 영역이 그의 세계이다.

　자기를 앎은 높은 세계에서 살아가는 것이고 자신을 모름은 낮은 세계에서 살아가는 것이다. 그 이상도 그 이하도 아니다. 낮은 세계에서 사는 사람이 높은 세계를 동경하고 있는 것이 분명함에도 불구하고 뛰어오르려 하는 의지가 보이지 않는 것은 부끄러운 일이 아닐 수 없다.

　거울에 나를 정확하게 비추려면 거울은 완벽하게 수평상태여야 한다. 볼록거울이나 오목거울에 자신의 모습을 비추어 보면 얼마나 우습고 흉측한지를 알 것이다. 나의 모습이 얼마나 유린되고 왜곡되어 나타나고 있는지도 잘 알 것이다. 자기를 아는 것도 이와 다르지 않다. 자신 스스로가 자신을 정확하게 알려면 마음의 평정을 유지해야 한다.

빛과 어둠

지금 우리가 다가가는 것은 어둠의 문이 아니라 어둠의 출구가 되어야 한다.
어떤 경우든 어둠은 우리를 속박하고 자유를 박탈하며 행동을 저지한다.

빛과 어둠은 언제나 선과 악의 상징으로 대변되었다. 낮과 밤은 빛과 어둠이 토해낸 것이다. 그러나 아무리 낮과 밤이 서로 대립을 해도 그들은 우리가 살고 있는 이 지구의 표면을 절반만 덮을 뿐이다. 낮을 지내면 밤이 올 것을 두려워하는 사람도 밤을 맞이하면 이내 아침이 밝을 것을 알면서 희망을 찾는다. 우주의 법칙에 의해 찾아온 빛과 어둠의 이치를 이해하면서 살아가는 것이 중요하다. 그것이 현명한 깨달음이다.

빛의 광선이 어둠을 통렬하게 깨뜨리는 그 광경 속에서 무한의 진리를 얻게 된다. 눈부시게 빛나도록 세상을 비추던 광선도 이내 저물어 노을에 물들고 어둠에 고요히 잠기는 침울을 보면서 진리의 속성에 다가선다. 하지만 빛과 어둠의 내면에는 그것을 영원히 지탱해 줄 보호기능이 없다. 우주의 법칙에 따른 수단만 되풀이할 뿐 오류도 없다.

어둠을 사랑하는 동안에는 그 어떤 빛도 받을 수 없는 것처럼 나쁜 생각과 습관에 집착하고 있는 동안에는 자그마한 힘도 가질 수 없다. 반면에 빛을 사랑하는 동안에는 그 어떤 어둠도 밀쳐버릴 수 있으며 모든 것이 긍정이 되고 상상할 수 없는 에너지가 발생한다.

어둠을 몰고 오는 밤은 세상이 던지는 덧없는 그림자이며 불행은 잠시 나를 뒤덮은 그늘에 불과하다. 밤이 지나면 밝은 빛의 세상으로 변하

고 불행 역시 행복으로 바뀌는 순환이 되풀이되며 어둠은 빛이 들어올
때만 사라진다. 불행은 행복만이 변화시킬 수 있다.

지금 우리가 다가가는 것은 어둠의 문이 아니라 어둠의 출구가 되어
야 한다. 어떤 경우든 어둠은 우리를 속박하고 자유를 박탈하며 행동을
저지한다. 인간의 자유스러움과 평화를 몰고 오는 것은 빛이지 어둠이
아니다. 그것을 추구하면서 그러나 사람들은 평화를 사랑한다면서 격정
에 사로잡히는 일이 많다. 남과 대립하고 조금도 지지 않으려는 마음으
로 악다구니를 쓰기도 한다. 이런 사람이 깨달아야 할 것은 자신에게 평

화가 부족하다는 것을 인식하는 일이다. 평화를 가지고 있는 사람은 마음이 순수하고 현명한 사람들이다. 평화는 힘으로 정복할 수 있는 것이 아니다.

힘이 실패한 곳에는 언제나 평화가 깃든다. 평화가 깃든 곳은 빛이다. 이것이 어둠과 빛을 해석하는 간단한 일이며 본질이다.

본질을 파악한다는 것이 얼마나 중요한가. 지금 일어나고 있는 이 일이 무엇을 통해 이루어지고 있으며 왜 이 일을 완성해야 하는지 그런 일들에 대한 본질이 무엇인지 파악하고 있을 때 그 일은 제대로 완성될 수 있다.

빛은 정신적인 조화이고 어둠은 정신적인 부조화이다. 자연의 힘에 공존하는 어둠과 빛은 그 현상 자체로 해석하는 일은 간단하다. 그러나 빛과 어둠이 우리 정신세계에 새겨질 때 그것은 자연 현상에 국한된 것이 아니라 인간 자체를 질식시킬 수도 있고 인간 자체를 밝은 세상에 드러낼 수도 있다. 하늘은 한쪽 문을 닫는(어둠) 동시에 다른 문(빛)을 열어놓는다.

어둠에 질식하지 마라. 빛을 동경하라. 우리는 빛을 향하는 향광성의 사람과 빛을 멀리하는 반광성의 사람들로 구분 지어져 있다면 당신은 어떤 사람으로 머무르려 하는가. 인간 삶의 해석은 빛이지 어둠이 아니다.

빛은 그것을 가지려고 하는 사람 누구에게나 비춘다. 빛을 동경하는 사람에게는 더더욱 밝게 비춘다.

생각에서 오는 것

사람들은 생각을 통해 흑백으로 규정하고 그중 하나를 택하려 하는데 인간이
사는 세상에서 일어나는 일은 여러 가지의 색깔이 존재한다.

가장 가까운 관계일수록, 특히 사랑하는 사람의 관계일수록 사람들은
상대를 자신이 바라는 모습대로 변화시키려 한다.

"이봐요!" 하며 행동을 제지시키는 것도 "이렇게 해요." 하고 강요하
는 것도 실은 자신이 바라는 대로 변화시키려 하는 것이다. 그러나 상대
역시 상대를 자신이 바라는 모습대로 변화시키려는 습성이 있어 그대로
따라주지 않으며 오히려 충돌을 감수하면서도 그 역시 자신이 바라는 모
습으로 끌고 가려 한다. 이러한 심리적 충돌은 서로 간에 상처로 남으며
치유되기 어려운 마음의 간극만 생기고 만다.

여기서 그 문제를 해결할 정의로운 방법이 있다면 저마다 자기가 선
택한 방법과 생각으로 살아갈 권리가 있기 때문에 서로의 입장과 성격을
변화시키려 할 것이 아니라 서로 존중해줘야 한다는 점이다. 내가 바라
는 대로 변해야 한다는 잘못된 믿음을 버려야 한다.

물론 서로의 방식이 일방적으로 옳고 일방적으로 틀릴 수도 있다. 그
러나 그렇더라도 무조건 나의 틀로 상대를 변화시키려 하는 것은 옳은

방식이 아니다.

사람들은 생각을 통해 흑백으로 규정하고 그중 하나를 택하려 하는데 인간이 사는 세상에서 일어나는 일은 여러 가지의 색깔이 존재한다. 검은색과 흰색만 존재하는 것이 아니라 파란색도 있고 노란색도 있고 빨간색도 있다. 우리는 뉴턴이 프리즘을 통해 빛을 보았을 때처럼 몇 가지 빛살로 분류되어 니타나는 것을 알 수 있다. 한 가지 빛깔의 사람은 없다. 빛깔에는 명도가 있고 채도가 있어 한 가지 색깔이라도 여러 가지 빛깔이 혼합되어 있는 것처럼 사람도 그렇다는 것을 인식하고 대해야 한다.

남을 변화시키려 하는 것만큼 어리석은 짓은 없다. 변화하는 사람은 자발적으로 그 변화가 자신에게 왜 필요한지를 깨달았을 때 비로소 변화한다. 그전에는 그 어떠한 설교나 강요나 충고도 소용없다. 그래서 사람들은 각양각색이며 모두가 다르다고 결론짓게 되는 것이다.

그 모든 변화를 나로 끌려 하는 것은 결국 이기심 아닐까? 오스카 와일드의 이야기를 빌리면 그렇다.

"이기심은 자기가 살고 싶은 방식으로 사는 것이 아니라 다른 사람에게 자기가 살고 싶은 대로 살라고 하는 것이다."

변화는 먼저 생각에서 오고 그 다음은 선택에 의해 행동으로 실현된다.

우리는 알라딘의 마법 램프를 가지고 싶어 한다. 램프를 만지면 모든 소원을 들어주는 지니가 연기처럼 나타날 것이라고 기대하면서 말이다. 하지만 알라딘의 마법 램프는 그리고 소원을 들어주는 지니는 없다. 그것을 깨달았을 때 오는 허무가 우리의 소원을 잠재운다. 그러나 우리가 소원하는 것이 실현되고자 한다면 알라딘 램프를 갖고자 할 것이 아니라 목적을 향해 노력해서 얻어내야 한다.

　우리가 생각하여 얻어낼 수 있는 것은 무수히 많다. 생각에서 오는 것을 반갑게 맞이해라. 억지로 구겨 넣듯 나의 상자에 남을 집어넣으려 하지 마라. 모든 자석은 자기장을 가지고 있으며 인력은 자석과 같은 작용을 지니고 있다.

　절로 끌려오게 하는 힘을 키우는 것이 바람직하다.

살아 있는 존재의 숨결과 같은 것

중기는 기관차를 움직일 수 있는 적정한 게이지를 가리킬 때까지 모든 힘을 기울이며 온도를 끌어올리려 한다. 그 노력이 아무리 힘들어도 당연한 것으로 받아들이며 끝까지 포기하지 않는다.

정신없이 살아가는 과정에서 가끔 한 번씩 내가 오랫동안 꿈꾼 대로 내 인생을 살아가고 있는지 살펴볼 필요가 있다. 가고자 하는 방향 그대로 가고 있는지도 살펴볼 필요가 있다. 정신없이 살다 보면 내가 지금 궤도 이탈을 하고 있는지도 모르면서 살아가는 경우가 있다. 그래서 가끔은 처음 시작할 때의 열정이 여전히 남아 있는가 하는 확인도 필요하고 그 열정이 내가 추구하는 목적을 잘 끌어들이고 있느냐의 확인도 필요하다.

원대한 희망을 지향하고 인생을 개척하면서 적극적으로 사는 미국사람들을 가리켜 하이 호퍼High Hoper라고 한다. 이 사람들은 그저 찾아올 행운을 막연히 기다리거나 노력 없이 거저 얻어지는 것을 바라지 않고 오직 자기들의 노력과 피땀으로 인생의 성공을 쟁취하려는 사람들이다. 그들은 자기들이 지닌 모든 능력과 장점을 최대한 발휘한다.

일반 사람들이 불가능하다고 포기하는 일도 아주 낙천적으로 대하면서 자신에 대한 믿음으로 그들은 절대 포기하지 않고 열정을 다해 돌파해 나가며 끝내 성공을 이룬다.

우리도 하이 호퍼가 되려는 생각을 하는 것이 어떤가. 행운에 기대지 않고 나의 능력과 나의 힘으로 세상을 개척해 나가고 그 모든 일을 즐겁게 생각하며 인생을 두둔하는 그들의 열정과 힘, 미국인들의 프런티어 정신과 더불어 하이 호퍼의 정신은 세상의 모든 사람들에게 결정적 교훈이 된다.

주타번은 이렇게 말했다.

"물은 끓고 난 다음에 수증기를 발생시킨다. 엔진은 증기 게이지가 212도를 가리키기 전에는 1인치도 움직이지 않는다. 열정이 없는 사람은 미지근한 물로 인생이라는 기관차를 움직이려 드는 사람이다. 이때 일어날 수 있는 오직 한 가지 현상, 그는 멈춰버리고 말 것이다. 열정은 불 속의 온기이며 모든 살아 있는 존재의 숨결과 같은 것이다."

하이 호퍼의 정신은 자기 일을 사랑하는 열정이다. 자신에 대한 믿음의 신뢰이며 결정적 타깃은 그 모든 것이 성공으로 이어진다는 강한 믿음이다. 증기는 기관차를 움직일 수 있는 적정한 게이지를 가리킬 때까지 모든 힘을 기울이며 온도를 끌어올리려 한다. 그 노력이 아무리 힘들어도 당연한 것으로 받아들이며 끝까지 포기하지 않는다.

게으름과 태만은 '아무런 목적이 없다'는 점에서 가치가 없다. 가치가 있는 것은 부지런함과 열정으로 무장된 집중이다. 성공의 비밀은 집중력이란 것을 잊지 마라. 게으름과 태만은 성공의 최대 적이다. 게으르고 태만한 사람은 일을 끝까지 해내려는 노력을 하지 않는다. 조금만 신경 쓰이거나 힘이 들면 금방 좌절하고 목표를 이루기 전에 포기해 버린다. 그런 사람들은 대개 기적을 바라며 어느 순간 기적이 자신에게 찾아

올 환상을 버리지 못한다.

영적 지도자가 성유聖油를 발라주는 권능을 기대하지 마라. 그것은 기적을 바라는 것과 같다. 기적은 그 자체로 말미암아 기적의 힘을 잃고 있다는 것을 생각하라. 우리가 스스로를 잘못된 정의 속에 가두고 모든 것을 판단한다면 그 인생은 너무 고통스럽다. 그 판단으로 일어나는 일들은 모두가 잘못된 것이기 때문이다. 이를 깨닫지 못하면 잘못됨의 순환은 소용돌이처럼 돌면서 나의 존재를 어지럽힌다.

살아 있는 존재의 숨결은 기적의 방만함이 아니라 열정의 토대가 되는 강한 신념과 하이 호퍼의 정신이다. 세상에서 실제 도전해 보면 할 수 없는 일은 그다지 많지 않다. 노력을 하고 다소 능력이 부족하더라도 열심히 하다 보면 익숙해져 결국 어려운 일도 간단히 해낼 수 있게 된다. 그래서 삶은 항상 희망의 길에 놓여 있다.

인생이란

그림자는 어둠과 빛의 자연스러운 대조 때문에 어둡다. 삶의 모든 혼란을 다 건어낸다 하더라도 여전히 나라는 존재는 사라지지 않으며 거기에 그대로 있다.

짐 스토벌의 『최고의 유산 상속받기』에 보면 다음과 같은 구절이 나온다.

"인생이란 모래시계의 모래처럼 끊임없이 빠져나가는 것이다. 그러다 언젠가는 마지막 모래알이 떨어지는 것처럼 내 인생의 마지막 날이 오겠지. 나는 항상 그 마지막 날이 오면 어떻게 살아야 할까, 살아야 할 날이 딱 하루밖에 남지 않았다면 무엇을 할까. 그 생각으로 살았다. 그러다가 하루하루가 그 마지막 날처럼 소중하다는 걸 깨달았다. 그리고 하루하루를 마지막 날처럼 의미 있게 사는 게 인생을 잘 사는 것이란 걸 깨달았다. 인생이란 하루하루가 모여서 된 것이니까."

밀면 밀리지 않으려는 힘이 작용하고 당기면 끌려가지 않으려는 힘이 작용하는데 이것은 물리학뿐만 아니라 사물의 원리이기도 하다. 삶도 대개 그러하다. 인생 역시 밀면 밀리는 대로 당기면 당기는 대로 움직이는 것이 아니라 하나의 축이 있어 일방적 힘에 의해 지배되지 않는다.

인생을 살다 보면 고통을 겪을 만한 질곡은 많다. 가중되는 혼란을 몰고 오기도 한다. 죽음에 관한 두려움, 삶에 대한 집착, 사물에 대한 욕심과 나에 대한 정체성 등. 그러나 고통이 만들어지는 것을 보면 실체가 없으며 그저 환상에서 생겨난 것이다. 이를 생각하면 고통이 만들어지는 것은 내 마음에서 일어난 것들이다. 그럼에도 우리는 그것을 잘 다스리지 못하여 스스로의 고통에 얽매여 살아간다.

오늘, 당신과 나는 모두 이 세상을 창조하고 있는 성인聖人이라고 생각하자. 이 세상의 구성원인 당신과 내가 성인이라고 선포하고 있는 것이 이상할 리 없다. 그렇게 살아가려는 다짐이 증거이다. 만일 그렇게 생각하고 살 수만 있다면 우리는 우리를 고통스럽게 하는 것에 대해 홀가분해질 수 있다.

그림자는 어둠과 빛의 자연스러운 대조 때문에 어둡다. 삶의 모든 혼란을 다 걷어낸다 하더라도 여전히 나라는 존재는 사라지지 않으며 거기에 그대로 있다. 우리가 죽음에 관한 두려움, 삶에 대한 집착, 사물에 대한 욕심과 나에 대한 정체성 등 그 모든 것에서 해방되는 것이나 삶의 모든 혼란을 다 걷어내는 것이나 결국은 모든 것이 그대로인 것을, 존재가 거기에 존재하는 것임을 알아야 한다.

나는 매일 삶의 융단을 짜고 있다. 어떤 색깔의 융단인지 중요하지 않다. 어떤 디자인으로 어떤 무늬를 넣고 있는지도 중요하지 않다. 나는 다만 내 삶의 융단을 내 스스로 짜고 있다는 것이 나 자신의 존재를 의식하게 한다.

인생은 마치 바다의 파도가 크게 일어났다가 사라져 잔잔한 바다의 표면을 장식하듯 그러하다. 폭풍우처럼 일어났던 고난의 파고도 이내 사라져 바다의 잔잔한 표면처럼 그대의 가슴도 그렇게 잔잔하게 된다. 결국 그 자리에 그렇게 돌아온다.

나는 지금 어디에 서 있는가? 내가 선택한 길에 얼마나 깊숙하게 들어와 있는가? 인생이란 가다 쉬다를 반복하면서 이 확인을 필요로 하고 그것을 점검하면 되며 그 길을 찾아가면 된다. 우리 인생엔 완전한 도착지가 없다.

그들과 똑같은 사람들이 살고 있다

> 세상의 모든 사람들은 스스로를 과대평가하며 자신이 꽤 괜찮은 사람이라고
> 생각하고 있다. 자신의 판단도 모두 옳다고 여기고 있다.

다음은 이슬람 신비주의, 즉 수피즘의 이야기이다.

한 남자가 어느 마을에 들어와 수피 스승을 찾았다. 그리곤 그에게 말했다.

"저는 지금 이곳에서 살아야 할지 떠나야 할지를 고민하고 있습니다. 이 마을에는 어떤 사람들이 살고 있는지요? 저에게 말씀해 주시지 않겠습니까?"

그러자 수피 스승이 말했다.

"전에 네가 살던 곳에는 어떤 종류의 사람들이 살고 있었는지 말해보라."

남자가 말했다.

"제가 살던 곳에는 강도와 사기꾼, 거짓말쟁이들이 살았습니다."

수피 스승은 말했다.

"이 마을에도 그들과 똑같은 사람들이 살고 있다."

그러자 그 남자는 그 마을을 떠났다. 얼마 지나지 않아 또 다른 남자가

마을로 들어섰다. 그리곤 수피 선생을 찾아와 말했다.

"저는 지금 이곳에서 살아야 할지 떠나야 할지 생각 중에 있습니다. 이 마을에 어떤 사람들이 살고 있는지 말씀해 주시겠습니까?"

그러자 수피 스승이 말했다.

"전에 네가 살던 곳에는 어떤 사람들이 살고 있었는지 말해보라."

남자가 대답했다.

"내가 살던 곳의 사람들은 말없이 친절하고 다정하고 자비로우며 정이 한없이 넘쳤습니다. 정말 함께 살던 그들이 그립습니다."

수피 스승이 미소를 지으며 말했다.

"이 마을에도 그들과 똑같은 사람들이 살고 있다."

사람들은 자기가 살아가는 환경을 자기 주관대로 생각하며 판단을 내리고 있다. 자기 마음에 들지 않는다고 해서 타인을 인정하지 않고 그 환경을 나쁜 것으로 간주해 판단하고 있다. 그러나 반대 사람인 경우 그가 내리는 판단은 정반대이다. 세상은 어느 곳이나 다 비슷하다. 크게 다르지 않다. 세상을 도둑의 마을과 성자의 마을로 구분지어 놓지 않은 이상 사람들이 사는 정서나 인심은 거의 비슷비슷하다. 다만 그러지 못하다는 생각은 내 생각이 만들어 놓은 관념일 뿐이다.

세상의 모든 사람들은 스스로를 과대평가하며 자신이 꽤 괜찮은 사람이라고 생각하고 있다. 자신의 판단도 모두 옳다고 여기고 있다. 내가 정의이고 내가 선이란 생각에 갇혀 자신만을 두둔하고 타인은 인정하려 들지 않는다. 이런 어리석은 모순 속에서 그런 사람이 내리는 판단은 지극히 주관적이고 소극적이 될 수밖에 없다.

마음을 열고 자신을 인정하듯 타인을 인정하라. 내가 측정한 삶 또한 남의 삶과 다르지 않다는 것을 인정하라. 우리는 함께 모여 사는 동물로서 내가 어떻게 생각하고 어떻게 바라보느냐에 따라 달라진다는 것을 잊어선 안 된다. 내가 사는 마을은 정의롭다. 그리고 그 마을에서 집합을 이루고 사는 사람들의 질서도 정의롭다. 따스한 시선으로 렌즈 조절을 맞추라. 초점이 잡히는 순간 그 마을의 모습이 맑고 뚜렷하게 드러난다.

언제나 옳은 것은 아니다

우리는 항상 구호에만 열광했던 것은 아닐까? 민낯을 드러내고 외쳐대는 아우성의 하나를 집어내 내 입맛에 맞는 구호이기에 무턱대고 추종했던 것은 아닐까?

'아는 것이 힘이다' 라는 말이 항상 옳은 것은 아니다. 아는 것을 제대로 활용하지 못하는데 그것이 힘이 될 리 없다. 지식을 많이 쌓아도 그것을 활용하지 못하면 지식은 쓸모없는 것이 되어 버린다.

'실패는 성공의 어머니' 라고 하는데 이 말도 언제나 옳은 것은 아니다. 실패해서 좌절해 쓰러지면 그 실패가 성공의 어머니가 될 수 없는 것은 당연한 일이다. 실패했어도 그 실패를 딛고 일어나 더 열심히 노력할 때에만 실패는 성공의 어머니가 될 수 있다.

좋은 것도 언제나 좋은 것이 아니다. 더 푸른 잔디일수록 더 빨리 색이 변하는 법이다. 좋은 제품을 싸게 판다고 말하는 것 또한 모순된 말이다. 그러면서도 그것을 양립시키지 않으면 소비자에게 어필할 수 없기 때문에 그렇게 말하면서 유혹한다.

말이 전하는 뜻은 훌륭하다. 하지만 그 뜻을 올바로 수행하지 못하면 그 말은 오히려 나의 삶을 방해하게 된다. 칼도 잘 써야만 이로운 도구가 되고 잘못 쓰면 커다란 상처를 입힐 수 있는 흉기가 된다.

삶의 법이 늘 현명하거나 명백한 것은 아니다. 모든 것이 현명하고 명백하기 위해선 항상 전제가 따른다. 그 자체로만 진리를 부과하기엔 오류가 있다. 전제되는 이유가 타당하지 않으면 그 뜻을 올바로 인식시키기 어렵다. '아는 것이 힘이다' 라고 아무리 외쳐도 그것을 제대로 활용하지 않으면 '아는 것이 힘이 될 수 없는 것' 처럼. 실패했어도 그 실패를 딛고 일어나 더 열심히 노력해야만 '실패가 성공의 어머니가 될 수 있는 것' 처럼.

우리는 항상 구호에만 열광했던 것은 아닐까? 민낯을 드러내고 외쳐대는 아우성의 하나를 집어내 내 입맛에 맞는 구호이기에 무턱대고 추종했던 것은 아닐까? 세상에 모두가 옳고 모두가 그른 것이 없다는 것보다 나은 진리가 있을까?

인간은 결코 이지적이고 이성적인 동물이 아니다. 때론 감정의 지배를 받고 스스로 무너져 버리는 나약한 심성을 지니고 있는 동물이기도 하다. 그래서 구호에 취약한 것인지도 모른다. 전제하지 않은 구호에 열광하며 다가서는 것인지도 모른다. 물론 그것들이 당장은 힘이 되는 구호가 될지 모른다. 하지만 구호의 외침보단 구호의 실행의 조건이 훨씬 중요하다. 그렇게 해서 결과를 만들어냈을 때만이 구호로서의 가치가 있게 된다.

아는 것이 힘이기에 지식을 쌓을 수 있고 실패는 성공의 어머니기에 용기를 내어 노력할 수 있다. 하지만 거듭 말하거니와 그것을 이루기 위한 실행의 목적이 담보되어야 한다는 사실이다. 그것을 이루기 위한 행위의 실천이 따라야 한다는 점이다.

주문을 외듯 나에게 교훈이 될 수 있는 말은 많다. 그 말이 뜻하는 교

훈을 따른다면 얼마든지 좋은 인생을 만들어 갈 수 있다는 희망을 찾을 수 있다. 그렇다면 대다수의 사람들은 좋은 인생을 만들고 희망에 찬 삶을 살아야 할 것이다. 그런데 왜 그렇게 되지 않은 사람이 그렇게 된 사람보다 더 많은 걸까?

이유는 간단하다. 앞에서 말한 것처럼 그 말들이 구호로 그치고 소리 없는 메아리가 되었기 때문이다. 그 구호를 성립하기 위한 노력을 하지 않았기 때문이다.

가치 있는 것을 얻으려면 반드시 그에 상응하는 대가를 치러야 한다. 거저 얻어지는 것은 없다. 나를 움직인 교훈이 있다면 그것을 해석하고 그것이 전제하는 조건을 충족시켜 행동으로 연결해야만 한다.

하나의 생각이 하나의 생각을

우리는 성공과 목표에 중독되어 있어 실패의 비난이 일반적인 기준이 되어버린 문화 속에서 살고 있다. 그러나 실패를 비난만 할 일은 아니다.

강한 신념과 용기를 가진 사람은 어떠한 상황에 놓여도 결코 포기하거나 희망을 잃지 않는다. 그 희망은 어두운 절망을 이겨내는 빛이 되며 성공할 거라고 굳게 믿는 사람, 그것을 의심하지 않는 사람만이 성공을 거둘 수 있다.

만일 성공을 의심하고 실패의 두려움에 싸인 상태라면 스스로 그것을 이겨내 성공으로 갈 수 있다는 용기와 희망을 가져야 한다. 산성이 알칼리성의 보탬으로 중화되듯 우리의 생각도 중화시킬 수 있다. 그것은 실패의 두려움에 성공의 희망을 불어넣는 일이다. 이것은 과학적으로 가능한 논리이다.

사람은 한꺼번에 두 가지 생각을 떠올리지 못한다. 하나의 생각이 하나의 생각을 중화시키거나 그렇지 않으면 몰아내기 때문이다. 그래서 성공을 생각하면 성공할 수 있게 되는 것이다. 따라서 성공을 바라면 먼저 성공을 간절히 원하고 그 생각이 마음에서 떠나지 말아야 하며 성공에 대한 강한 확신, 굳센 의지로 내면을 다져나가는 것이 중요하다.

아리스토텔레스가 이것에 대해서 명확하게 내린 정의가 있는데 그것은 '인과율'이다. 이를 다른 말로 표현하면 '원인과 결과의 법칙'이라고도 하는데 이 법칙은 '모든 일이 일어나거나 일어나지 않는 데에는 이유가 있다'는 것이고 만약 바라는 어떤 결과가 있다면 '그 원인으로 올라가야 한다'는 것이다. 바로 생각하고 행동하는 대로 모든 일이 이루어질 수 있다는 법칙이며 원인을 찾아 그것을 습득하면 사신이 바라는 결과를 얻을 수 있다는 것이다.

자신에 대한 끝없는 믿음은 상상하기 힘든 에너지를 불러오고 추진력을 보인다. 될 수 있다는 것과 할 수 있다는 것의 실현의 믿음은 오로지 신앙과 같은 믿음에서 생겨난다.

우리는 성공과 목표에 중독되어 있어 실패의 비난이 일반적인 기준이 되어버린 문화 속에서 살고 있다. 그러나 실패를 비난만 할 일은 아니다. 실패도 실패 나름이다. 어떻게 실패했느냐 하는 문제를 따져보지 않으면 안 된다.

대부분의 사람들은 성공을 단번에 이루려고 하는데 성공은 그렇게 쉽게 오는 것이 아니다. 성공은 연속성이 있어 실패를 하면서 그것을 딛고 계속 나아갔을 때 얻어지는 것으로서 좌절하기도 하고 실망하기도 하고 그러다 희망을 찾으면서 계속 앞으로 나아갔을 때 성공과 만나지게 된다.

목표를 이루려다 그것이 여의치 않거들랑 잠시 휴지 기간을 가지고 목표를 재정비하라. 성급하게 해결한 일은 그 일의 가치 또한 금방 사라진다. 지혜로운 사람, 마음을 다스린 사람만이 영혼의 숲으로 불어오는 거센 바람을 막을 수 있는 것처럼 차분하게 자기 자신을 다스리고 조절할 능력을 가진 사람만이 곤궁에 처한 자신을 구해낼 수 있다.

　인간의 행동은 어떤 자극이 동기가 된다. 자극이 없으면 동기유발이 어렵다. 동기유발이 될 때까지 참고 기다려라. 그러나 분명한 것은 내가 무엇을 해낼 수 있다는 믿음을 버리지 않는 일이다. 원인과 결과의 법칙을 믿는 일이다. 인과율이야말로 인간을 성장시키는 가장 중요한 철학이다.

지금 무엇이 부족한가?

우리들은 저마다 모래주머니를 하나씩 달고 산다. 아니면 이고 있거나 짊어
지고 있거나. 그러나 그 모래주머니가 우리에게 불필요한 주머니라고 깨닫기
에는 오랜 시간이 걸린다.

진정 세상의 땅이 내 것이 아니라도 우리 모두에겐 자신만의 땅이 있
으며 고유한 면적이 있다. 자신만이 누릴 고유한 면적이 있으니 가끔 나
의 면적으로 정해진 땅바닥에 몸을 누이고 내 밑으로 자전하고 있는 지
구를 느껴보라. 나무들이 숨을 쉬어야 나도 숨 쉴 수 있다. 강물이 흘러야
내 피도 순환할 수 있다. 생각해 보니 그다지 부족한 것이 없다는 느낌이
오질 않는가? 군이 부족한 것이 있다고 느껴지는 것을 바라보면 이내 채
울 것이 보이질 않는가?

우주 앞에서는 모두가 평등하다. 아름다운 것을 사랑하지도 완전한
것을 존경하지도 않는다. 추악한 것을 외면하지 않으며 완전하지 못함을
경멸하지도 않는다. 그러니 세상을 부정하지 마라. 세상은 부정될 것이
없다. 나 자신을 부정하지 마라. 나 자신도 부정될 것 없다. 모든 것은 그
자체로 존재한다. 세상이 부정되고 나 자신이 부정되는 것은 오로지 내
마음이 그렇게 정한 것일 뿐이다.

나에게 지금 부족한 것이 무엇인가? 부족하다는 것은 갈망의 찌꺼기

이다. 풍요하다는 것은 욕망의 짐이다. 소유하려는 것은 행운을 기대하는 것이다. 모든 것을 소유함은 분명 행운이 맞다. 하지만 행운은 행복이 무엇인지 깨달을 수 있는 또 하나의 기회에 불과하다. 그 기회를 황금으로 알고 주머니에 황급히 담고 가려 하는데 그러나 그 주머니에 담긴 것이 모래주머니였다는 것을 그대는 알까? 우리들은 저마다 모래주머니를 하나씩 달고 산다. 아니면 이고 있거나 짊어지고 있거나. 그러나 그 모래주머니가 우리에게 불필요한 주머니라고 깨닫기에는 오랜 시간이 걸린다.

마하트마 간디는 "세상은 사람들이 필요한 것을 이미 충분하게 갖추고 있지만, 사람들의 탐욕을 채우기에는 언제나 턱없이 부족하다."고 했다.

탐욕의 노예들은 언제나 부족함을 느끼며 산다. 아무리 쌓고 쌓아도 만족할 줄 모르고 더 많은 것을 채우기 위해 그들은 스트레스를 안고 살

며 잠시도 평온을 느낄 새가 없다. 스트레스를 지속적으로 안고 산다는 것은 완전 미친 짓이란 것을 우리는 오래전부터 알고 있었으면서도 우리가 스트레스를 떨치지 못하며 사는 이유는 무엇인가? 그것은 사회가 그런 환경을 만들고 있기 때문이기도 하고 인간관계가 그런 광장으로 나를 몰아세우기 때문이기도 하지만 언제까지 그 미친 짓을 우리는 안고 있어야 하는가.

우리가 경험하는 스트레스 대부분은 자신의 뜻과는 반대되는 것을 행하려 할 때 생겨난다. 자신이 원하지 않는 일을 해야 할 때 즐겁지 않은 일을 억지로 해야 할 때도 많이 생겨난다. 그러므로 스트레스에서 해방되려면 자신이 좋아하는 일을 하고 즐거운 일을 만들어야 한다. 부족함을 느끼기 보다는 풍요함을 느끼면서 살아야 한다.

지금 부족한 것이 무엇인가를 생각하기보다 지금 나를 평온하게 하는 그것이 뭔가를 먼저 생각하라.

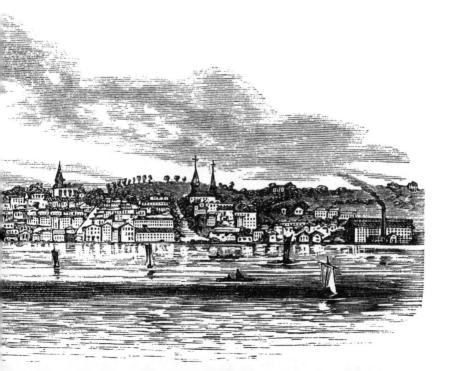

인생의 여정에서

삶에서 괴로운 순간을 맞이하면 자신의 마음의 렌즈를 잘 조절하라. 초점이
잡히면 괴로운 순간에서 벗어나게 된다.

인생의 여정에서 많은 일들이 뜻대로 되지 않을 때 낙관적인 생각을
갖기란 그리 쉬운 일이 아니다. 인간의 심리가 그렇게 여유를 가지고 있
지 못하다. 그럼에도 불구하고 낙관적인 생각을 가져야만 하는 건 나를
위한 일이다. 내 정신을 갉아먹고 가슴을 쥐어짤 정도의 고통을 순화시
키는 것도 나 자신이 해야 하고 나를 위한 일이다.

비관적인 동요를 최소화하고 낙관적인 생각을 극대화해야만 한다. 어
려운 일임에도 그렇게 해야만 실패했어도 자신의 뜻을 다시 펼칠 수 있
다. 모든 일이 흐트러지고 수습하기 어려운 일이 생기면 크게 한숨을 토
하고 제로베이스에서 다시 시작해 보라. 단, 그동안 자신을 어지럽혀 왔
던 일이나 자신을 실패로 이끌었던 일들을 다양한 각도에서 냉철하게 분
석하고 그것을 교훈 삼아야 하며 자신이 해왔던 이 일에 다시 도전할 것
인지 새로운 일에 도전할 것인지도 명확하게 판단해야 한다.

인생의 시작은 대부분, 자신감이 결여된 상태에서 시작하기 마련이
다. 좀 더 시간이 지나야 자신감을 획득하게 되고 용기를 가지게 되며 인

생의 경험이 쌓여지게 된다. 처음부터 모든 조건이 충족되는 것은 아니다.

성공한 사람들에겐 공통적인 특질이 있다. 그것은 명확한 신념의 체계가 성립되어 있다는 것이다. 그들은 무엇을 해야 할지 어디로 가야 할지 또한 무엇을 믿어야 할지 확실하게 알고 있다. 대강이란 것이 없으며 실패를 해도 명분 있는 실패를 하면서 성공의 길로 묵묵히 걸어간다. 그 절대적 신념이 바로 성공을 만든다.

그리고 그들은 행동 지향적이다. 그들의 행동에는 쉼표가 없으며 오로지 자신의 목표를 향해 쉼 없이 걸어간다. 하나의 일을 시도해 보고 그것이 이룩되면 곧바로 다음 일을 시도하고 또 시도하고 한없는 도전의 일을 연속적으로 수행해 나간다.

인생 여정에는 대부분 실패와 성공이 동행한다. 행복과 불행의 그림자가 지속적으로 나타난다. 그러나 음지와 양지가 엇갈리면서 자신의 운

명은 자신의 생각의 흐름을 따른다. 생각으로 자기 삶을 바라보고 또 만들어 가는데 좋은 삶에 대해 생각하는 사람은 좋은 삶을 살 수 있다. 그러므로 좋은 생각을 가져야 좋은 결과를 얻을 수 있는 게 당연하다.

삶에서 괴로운 순간을 맞이하면 자신의 마음의 렌즈를 잘 조절하라. 초점이 잡히면 괴로운 순간에서 벗어나게 된다.

에머슨은 이렇게 말했다.

"사람들이 갖고 있는 가장 일반적인 착오는 지금은 결정적인 때가 아니라고 생각하는 것이다. 그날그날이 평생을 통해 가장 좋은 날이라는 것을 마음속 깊이 새겨 두어야 한다."

우리 삶의 태도는 항상 그날이 최우선이고 내일이 없다는 자세가 되어야 한다. 그런 날들이 결국 내 인생 여정을 순조롭게 하며 탄력 있게 만들고 가치 있게 만든다.

내가 소망하는 길

말라버린 씨앗을 움트게 할 수 있는 것은 세상에 없다. 말라버린 씨앗에게는
태양도 의미가 없고 생명의 정지로 종내 무無화되어 잊혀 갈 뿐이다.

자기에게 필요하고 정말 하고 싶은 일을 하는 것, 일반적으로 성공해
많은 돈을 벌었다는 사람들도 권력을 손아귀에 쥔 사람들도 목적을 다
이루고 난 뒤에 비로소 그것이 내 삶의 가치가 아니었다는 결론을 내리
는 경우를 본다.

사람은 누구나 자기만이 소망하는 꿈이 있다. 그 꿈을 이루기 위해 다
가서려 했지만 거의 대부분 사람들은 자기의 꿈과는 다른 길로 가 자신
이 전혀 소망하지 않았던 길에서 살아가게 되는 경우를 종종 보게 된다.
어떠한 경우이든 이상적인 삶은 소중하다. 그것이 꿈이며 자신이 소망하
는 길이다.

어떤 일이 시작될 때 있었던 아주 작은 변화가 결과에서는 매우 큰 차
이를 만들 수 있다는 나비효과의 이론은 흔히 과학자들이 카오스 이론을
설명할 때 사용하는 말이지만 우리의 일상생활에서도 '나비효과'는 존
재한다.

나비효과는 미국의 기상학자 에드워드 로렌츠Lorentz, E.가 주장한 것으

로, 브라질에 있는 나비의 날갯짓이 미국 텍사스에 토네이도를 발생시킬 수도 있다는 이론인데 이 이론처럼 우리 인생에서 기적을 불러오는 일이 없는 것은 아니다. 나비가 만든 작은 기압의 변화는 확대되고 증폭되어서 회오리바람을 일으킬 수 있지만 이처럼 하나의 일이 자신도 모르는 사이에 영향을 끼쳐 엄청난 상승작용을 일으키는 것을 기대해 보는 것은 희망의 전조이기도 하다.

소망을 기대하고 꿈을 기대하는 가운데 이렇듯 나비효과와 같은 상승작용의 기류가 나타난다면 얼마나 좋을까. 나비효과를 크나큰 재앙으로 해석하지만 않는다면 말이다. 그러나 항상 주장하는 말이지만 평소 열정과 노력을 하지 않고서는 기대하기 어렵다. 노력하고 있는 가운데 나타나는 것이 기적이고 행운이며 복이다. 열정을 지닌 사람은 어떤 일을 하든지 자신의 일을 천직으로 여기면서 흥미를 갖는다.

앨버트 아인슈타인은 이렇게 말했다.

"당신에게는 살아가는 방법이 오로지 두 가지밖에 없다. 하나는 기적은 없는 것처럼 살아가는 것이고 다른 하나는 모든 것이 기적인 것처럼 살아가는 것이다."

기적은 바랄 것이 못되나 버릴 것도 아니다. 어제의 내가 오늘을 모르듯 오늘의 내가 내일의 나를 모른다. 어떤 모습으로 나의 소망과 꿈이 이루어져 있을지 모른다. 말라버린 씨앗을 움트게 할 수 있는 것은 세상에 없다. 말라버린 씨앗에게는 태양도 의미가 없고 생명의 정지로 종내 무無화되어 잊혀 갈 뿐이다. 그러나 생명의 씨앗은 태양을 생명의 조건으로 흠뻑 받아들이게 된다. 그러니 생명의 씨앗을 잉태하라. 그것이 소망되게 하라.

모든 꿈에는 시작이 있다. 인생에서 많은 것을 이루겠다고 결심했을 때 비로소 그 꿈을 이룩하는 데 도움이 되는 기회, 그것을 실현시킬 아이디어가 생겨나기 시작한다는 점이다.

시작을 어떻게 열게 하는가 하는 내적 동기가 필요하다. 그리고 그것을 실현하려는 의지가 필요하다. 소망을 이루기 위한 설계도 필요하다. 인생은 그렇게 내가 만들어 가는 것이다.

"분명한 목표를 위해 존재하려는 인간의 의지에 저항할 수 있는 것은 아무것도 없다"고 말한 디즈레일리의 언사에 고개 숙인다. 목표를 향해 시작하는 인간의 의지는 경외롭다.

내가 소망하는 길에 올인하라. 적극적인 태도로 맞서라. 그것이 가치 있는 일이고 "해볼 만한 가치가 있는 일은 모두 잘할 가치가 있다"는 말을 믿어라.

안개가 걷힐 때까지 기다려라

우리들에게는 언제든 새로운 길로 나아갈 수 있는 수많은 가능성이 열려 있음을 기억하라. 더욱이 젊은이들에게는 한 걸음 한 걸음이 모두 새로운 삶으로 가는 길이다.

안개가 짙게 끼어 길을 분간하지 못하거들랑 그 자리에 서서 안개가 걷힐 때까지 기다려라. 그것이 최선이다. 괜히 조급한 마음에 더듬거리며 길을 가다가는 길을 잃기 쉽다. 그러니 안개가 모두 걷혀졌을 때 다시 가던 길을 가는 것이 현명한 방법이다.

안개 낀 날 풍경을 바라보고자 하는데 풍경이 보이질 않는다. 어떻게 할 것인가? 그 풍경을 보려면 안개가 절로 걷히길 기다리는 수밖에 없잖은가. 그러지 않으면 풍경을 보는 곳을 포기하고 뒤돌아서든가.

삶의 과정에는 이렇듯 기다릴 수밖에 없는 일들이 공공연하게 벌어진다. 그 어쩔 수 없는 일들에 묶이는 경우가 많다. 이때는 참고 기다리는 인내심을 가지고 있어야 한다. 전혀 예측하지 못한 상황에 놓이게 되었을 때 억지로 그것을 되돌리려고 할 것이 아니라 순응하는 자세 또한 필요하다.

올리버 웬델 홈즈가 말했다.

"이 세상에서 제일 중요한 것은 내가 '어디'에 있는가가 아니라 '어느

쪽'을 향해 가고 있는 가를 파악하는 일이다. 이것이 인간의 지혜이다."

어느 쪽을 향해 가는 일은 목적이다. 그것을 파악하고서 길을 정한 사람은 그 길에서 희망을 찾는다. 쾌청한 날일수록 길을 가는 마음이 즐겁고 발걸음이 가볍다.

자동차를 운전하고 어둠이 사방으로 둘러싼 원추형 터널을 지나다 저 앞에 터널 밖 밝은 세상이 나타나면 마치 내가 지향하고 있는 세상을 발견한 것처럼 감동을 느낄 때가 있다. 무한적인 세상이 파노라마처럼 펼쳐질 것도 기대하게 된다. 그 짧은 시간에 느껴지는 어떤 계시가 존재하고 있는 듯하여 거기서부터 액셀러레이터를 힘껏 밟게 되는 경험을 여러 번 하였다. 이렇듯 밝게 나타나는 사물은 알게 모르게 우리들을 희망차게 한다.

우리들에게는 언제든 새로운 길로 나아갈 수 있는 수많은 가능성이 열려 있음을 기억하라. 더욱이 젊은이들에게는 한 걸음 한 걸음이 모두 새로운 삶으로 가는 길이다. 그 길은 언제나 밝아야 한다. 어둠이 깃들거나 안개가 낀 상태가 되어선 안 된다. 그러기에 어둠이 깃들면 밝아지기를 기다려야 하고 안개가 낀 날이면 안개가 걷힐 때까지 기다린 뒤 길을 가는 것이 가장 현명하고 좋은 방법이다.

인생에 당연하다고 여겨지는 것은 하나도 없다. 그런 길을 가는 것은 당연한 것 아니겠느냐고 말하는 사람이 있다면 나는 조용히 이렇게 말하겠다.

"사람은 낭떠러지에서 자신을 끌어올릴 수 있는 날개를 갖고 있다. 어떠한 절망의 순간에서도 자신을 희망의 나라로 보낼 수 있는 날개를 갖고 있다."

이것도 당연한 말이라고 여기겠는가? 아니다. 사람은 낭떠러지에서 자신을 끌어올릴 수 있는 날개를 갖고 있지만 누구에게나 다 그런 능력의 날개가 있는 것이 아니다. 그 조건을 만든 사람만이 그렇게 할 수 있다. 당연한 것이 모든 것에 존재한다면 우리가 군이 안개 낀 날 가던 길을 멈추고 안개가 걷힐 때까지 기다릴 필요가 없다. 당연하다는 것은 누구나 얻을 수 있는 손쉬운 것을 말한다.

부처는 "네 마음의 법등을 켜라"고 하셨다. 그 빛으로 어둠을 몰아내고 안개를 걷어내라.

시간을 경영하라

시간의 소중함을 믿고 다가서려 하지만 시간은 나에게 가까이 다가오지 않고
일정 거리를 유지하며 나를 바라보고 있다.

시간을 경영하려면 확고한 신념을 확보하고 있어야 한다. 시간은 누구에게나 공평하게 주어진다고 생각하면 그것은 크나큰 오산이며 착각이다.

시간은 다루는 사람에 따라 다르게 나타난다. 시간의 유형도, 시간의 감각도 사람마다 다르게 나타난다. 단테의 말처럼 "시간이 무르익기를 앉아서 기다리는 사람이 있는가 하면 시간을 찾아내 이를 힘차게 움켜잡아 자신의 편으로 만드는 사람도 있다."

우리가 알고 있던 시간이 무엇이었고 어떤 것이 나의 시간을 유용하게 채웠는가를 살피는 일이 매우 중요하다. 그러나 공통적으로 누구나 최적화시켜 사용할 것은 아니고 개인적인 문제에 속하는 시간은 사람마다 어떻게 쓰느냐 하는 문제이다.

앞서간 세대들이나 우리나 그리고 앞으로 살아갈 사람들조차 하루 24시간을 공유하는 것은 똑같다. 그러나 그 시간을 어떻게 사용하는가는 개인차가 크게 나타날 수밖에 없다.

시간은 경영이다. 시간을 효율적으로 관리하는 사람은 빛의 속도처럼 빠른 현대 문명 속에서 잘 적응하고 살아갈 수 있지만 그렇지 못한 사람은 낙오되고 만다. 내가 해야 할 일이 무엇이라고 깨달았으면 그 일에만 집중해야 한다. 그러나 우리는 여러 층위에서 복잡하게 얽힌 시간에 대해 어떻게 다가서야 할지 몰라 허둥대는 사람들이 많다.

시간의 소중함을 믿고 다가서려 하지만 시간은 나에게 가까이 다가오지 않고 일정 거리를 유지하며 나를 바라보고 있다. 시간과 나를 연결해 주는 공간을 채울 길이 없다.

시간을 경영하고자 한다면 '내 시간에 대한 가치'를 주목하라. 오늘은 어제의 내일이었다. 그렇다면 오늘의 내일은 우리의 미래다. 그대에게 가장 중요한 때는 현재이고 가장 중요한 일은 그대가 지금 하고 있는 일이며 그대에게 가장 소중한 사람은 그대가 지금 만나고 있는 사람이다.

모든 일은 현재에 진행된다. 진행은 과거에 존재하지 않고 미래에도 존재하지 않는다. 시간의 다툼을 벌이는 현재에만 존재한다.

현재에만 집중하라. 과거는 잡을 수 없고 미래는 공상에 가깝다. 오직 현재만이 중요한 가치가 된다. 일을 하는 것도 현재이고 사랑하는 것도 현재의 일이지 과거나 미래의 일은 아니지 않은가. 결국 이런 것들이 시간의 경영이다. 우리는 아직 오지도 않은 미래를 위해 얼마나 많은 현재를 놓치고 사는가.

무엇을 성장시키려면 시간이 필요하다. 농부가 씨앗을 뿌리고 금방 결실을 생각하는가? 그렇지 않다. 봄에 씨앗을 뿌리면 여름이 지나고 가을이 와야만 결실을 맺는다는 것을 알고 묵묵히 인내하며 기다린다. 나름대로 시간이 필요하다는 것을 생각하고 기다려야 하는 시간만큼 기다려야 한다. 바로 시간을 경영하고 있는 것이다.

시간이 없다. 사람들은 그렇게 말한다. 아무리 현대문명이 급속도로 빠르게 변해도 하루의 시간은 지금이나 백 년 전이나 그보다 훨씬 전에도 똑같았음에도 불구하고 왜 우리는 시간이 없다고 말하는 것일까? 그것은 시간을 경영할 줄 모르는 사람의 볼멘소리에 불과하다. 시간을 유용하게 사용할 줄 모르고 허비하는 시간이 많을 때 그렇게 느끼게 된다. 시간은 없지도 않고 많지도 않다. 시간은 그냥 시간으로 흐르고 있을 뿐이고 그것을 잘 이용하는 사람이 성공한다.

제2부

자기반성에 포스트잇을 붙여라

자기반성에 포스트잇을 붙여라

자신의 환경에 수동적으로 복종하는 것이 아니라 나는 어떠한 환경에 있더라
도 성공할 수 있다는 확신을 가져야 한다.

세상에 절대적으로 똑똑한 사람 없고 절대적으로 미련한 사람도 없
다. 모두 정상적인 이성과 지혜를 갖추고 있다. 그러면서 왜 우리는 성공
한 사람과 실패한 사람으로 갈리고 부자인 사람과 가난한 사람으로 갈리
는 것일까?

성공한 사람은 성공한 만큼 이유가 있고 부자인 사람은 부자인 만큼
이유가 있다. 실패한 사람은 실패한 만큼 이유가 있고 가난한 사람은 가
난한 사람만큼 이유가 있다. 절로 그렇게 양분되듯 된 것이 아니다. 리트
머스 시험지로 구분 지어진 붉은색과 푸른색이 아니다. 부자는 자신이
소망한 것을 이루기 위한 노력을 했기 때문에 부자가 된 것이며 가난한
사람은 어떻게 하루를 견딜까만 생각했기에 계속 가난한 사람으로 남았
다.

지금 이 순간 자신의 존재를 파악하라. 내가 과연 어떤 이유를 안고 있
는지 판단하고 그 이유가 온전하지 않다면 지체 없이 반성하고 자기반성
에 포스트잇을 붙여라. 얼마나 많은 포스트잇이 거기에 붙어 있을까를

상상하라. 그리곤 다시 계획을 철저히 세우고 거기에 올인하도록 해라. 계획은 세우기만 하면 그 자체로 완성되는 것이 아니라 결국 실천하는 데 의미가 있다. 아무리 좋은 계획을 세워도 실천하지 않으면 아무 소용이 없다.

우리는 커다란 실패를 경험한 사람들이 이내 커다란 성공을 이룬 케이스를 많이 접한다. 그들이 성공할 수 있었던 이유는 아마도 실패한 학습곡선을 경험하였기 때문이라고 나는 생각한다. 실패한 일들을 재구성하고 다시 도전하는 그 정신이야말로 성공을 부른다. 진정한 성공에는 완성이 없다. 성공을 이룬 뒤에는 새로운 성공을 위해 길을 떠나야 한다. 그러지 않은 사람은 한참 시간이 지난 뒤에 자신의 성공이 아주 작은 성공이었음을 깨닫게 된다.

자신의 환경에 수동적으로 복종하는 것이 아니라 나는 어떠한 환경에 있더라도 성공할 수 있다는 확신을 가져야 한다. 비록 환경이 마이너스적인 요인이라면 그것을 플러스 요인으로 바꿀 의지를 키워라. 나는 할 수 있다라는 긍정적인 태도가 성공을 향한 힘이나 기술을 만든다. 그런 믿음이야말로 성공의 척도가 된다.

추상적인 것은 성공의 방해다. 그것을 구체화시켜야만 한다. 어떤 일이든 뚜렷하지 않으면 성공을 거두기 어렵다. 그리고 꾸준히 인내심을 가지고 노력하는 일이다. 태평양을 아름답게 하는 섬들을 보면 마치 아직 원죄를 모르는 에덴동산이 떠 있는 것 같은 생각이 든다. 그러나 그 섬들은 절로 생겨난 것이 아니라 작은 산호충 하나하나가 쌓여 바다 밑으로부터 솟아오른 것으로서 이처럼 우리의 노력도 오랜 시간 그래야 한다.

삶은 사실 반성의 투성이로 얼룩져 있다. 지나고 보면 모두가 반성할 것들이 대부분이다. 그럼에도 우리는 반성 그 자체를 접어두고서 지나가 버린다. 결국 또다시 반성해야 할 일들에 직면하면서도 그런 모순을 지도하지 않으려 한다.

반성하지 않아도 될 일을 자연스럽게 하는 사람은 오랜 시간 그런 삶을 단련하고 지도한 사람이라고 생각하면 된다. 모든 성공의 가치를 이루려는 사람이나 그런 삶을 살려는 사람은 자기 가슴에 반성의 포스트잇을 붙이기 바란다. 그리고 항상 그것을 체크하기 바란다. 성공으로 가는 길에 필요한 조건임을 깨닫기 바란다.

절대 반성을 두둔하는 자는 되지 마라. 반성을 두둔하는 순간부터 성공은 멀어지게 되고 어떠한 일에도 실패의 그림자가 드리운다. 자기반성에 포스트잇을 붙이고 언제든 수시로 자기를 되돌아보라. 그것이 성공의 요점이고 비결이다.

햇빛을 보고 자유를 느낀다

세상에 마련된 자유의 광장은 어디인가? 자유롭고자 하는 마음을 편안하게 눕히고 강한 햇빛에서 강한 자유를 느낄 수 있는 그 장소는 과연 어디인가.

마구간에서 끌려나온 말은 밝은 햇빛을 보고 자유를 느낀다. 정녕 그 자유가 무거운 짐을 끌고 가야 할 것을 전제하고 있더라도 말은 마구간의 공간에서 해방된 것만으로도 자유를 느끼게 된다. 그만큼 구속은, 아니면 자신을 가두고 있는 굴레는 부자유이며 그 속에서 살아감은 나의 모든 것을 박탈한다.

압박을 받는 사람들은 자유를 소리 높여 요구했다. 그러나 인간이 만든 법률들은 수없이 많았지만 그럼에도 불구하고 압박을 받는 자들에게 자유를 주는 데는 실패했다.

자유는 인간이 누려야 할 권리임에도 불구하고 정신적인 자유를 그리워하는 사람, 압박에 눌려 제대로 숨조차 쉴 수 없는 가운데서 절규하며 거기서 벗어나고자 몸부림치는 사람, 우리는 갈망의 한가운데서 늘 자유를 찾고 있었다. 그런데 자유라는 그림자는 어두운 이미지로 자꾸 우리를 덮고 있다. 밝은 햇빛을 보고도 인간은 말처럼 자유를 느끼지 못하고 있다.

세상에 마련된 자유의 광장은 어디인가? 자유롭고자 하는 마음을 편안하게 눕히고 강한 햇빛에서 강한 자유를 느낄 수 있는 그 장소는 과연 어디인가.

마음은 파동이므로 주파수가 맞아야 한다. 자유 역시 파동이므로 그것을 느낄 수 있는 그 어떤 것을 획득할 수 있어야 한다. 그것이 나의 권리로 주어지고 그것이 나의 행동으로 자연스럽게 연결될 수 있어야 한다. 그래야만 진정한 자유를 누릴 수 있다는 생각이다.

육체적인 고통을 겪는 사람은 정신적인 십자가를 지고 있기 때문인 것처럼 부자유에 고통을 겪는 사람 역시 정신적인 십자가를 지고 있는 것이나 다름없다.

정신의 연금술을 연마하면 납을 금으로 바꿀 수 있다는 나의 생각에 동의하겠는가? 정신적으로 성숙해지면 부자유도 자유로 바꿀 수 있고 불행도 행복으로 바꿀 수 있다는 이야기다.

자유를 느낄 수 있는 사람이 되라. 밝은 세상에서 한껏 나의 자유를 만끽하라. 설령 세상이 자유를 주는 데는 실패했을지라도 내가 나 자신에게 자유를 주는 데는 실패하지 마라. 정신적인 자유가 그립고 그리운 것은 인간 누구나 겪는 고통일 것이다. 그래도 그리움을 달래고 맞이해야 하는 것은 우리가 감내해야 할 일들이다. 자유는 누가 가져다 주는 것이 아니기 때문이다. 내가 쟁취하고 호흡하고 강하게 끌어안고 있어야 할 절대적인 물증이기 때문이다.

우리는 자유라는 이름으로 얼마나 많은 죄가 저질러졌는가를 역사 속에서나 근린의 현실에서나 들어왔고 경험해 올 수 있었다. 자유는 늘 자신의 범주 안에 인간의 정신을 가두고 자기의 존재를 과시해 왔다. 그러나 그가 몸통을 내어주었던 것은 자유를 갈망하고 끝없이 자유를 쟁취하려는 인간의 의지였다. 그러한 의지의 인간들에게 자유는 한없는 너그러움을 보여왔고 티끌조차 남기지 않을 정도로 자신의 존재를 헌사해 왔다.

자유는 이렇게 자신을 얼마만큼 열망하느냐에 따라 움직였고 그 어떤 세상에서도 우주의 변화에서도 달라지지 않을 것이다. 인간의 삶에 가장 중요한 자유 의지는 항상 마음속에 간직하고 살아야 한다. 그보다 더 소중한 이상은 없다.

햇빛을 보고 자유를 느끼는 인간이 되어야 한다. 구름에 가려진 햇빛이 이내 나타날 것이라고 믿는 것이야말로 그대가 그대에게 주는 진정한 자유스러움이다. 이는 구름은 그 뒤편의 맑은 하늘을 가릴 수도 있지만 그것이 영원할 수 없다는 것을 아는 사람만이 기대하는 자유이다.

우리는 이런 시대에서 살고 있다

지식도 그것이 소용되는 곳을 찾지 못하면 지식으로서의 쓸모가 없게 된다.
지식을 쌓고 그 지식을 사용함으로써 자신의 스킬이 완성된다.

유전학적으로 본다면 우리가 타고난 두뇌는 4만 년 전의 석기시대 때와 크게 다르지 않다고 한다. 그런데 우리는 그 시대와 엄청나게 다른 구조의 시대에 살고 있으며 도저히 해석할 수 없는 고난도의 문명에 혼란을 겪고 있다. 몸은 하난데 할 일은 수십 가지가 있어 무슨 일부터 해야 될지 몰라 허둥대는 꼴이다.

트위터의 최대 메시지는 140자에 불과하지만 전 세계 수백만 사용자들에게 전해지는 시간은 몇 초도 걸리지 않는다. 우리는 이런 시대에서 살고 있다. 이 위력적인 문명은 우리를 편리하게도 하지만 혼란스럽게도 한다.

우리는 이미 앨빈 토플러가 말한 '미래의 충격'을 경험하고 있다. 얼마나 빠른 속도로 변화하는지 도저히 그 변화의 크기와 속도에 대응할 수 없을 정도다. 레이더와 위성의 전파가 늘 우리 주위에 존재하며 그 어떤 고형의 물질도 투과하여 사물을 밝혀내는 놀라운 세상에 살고 있다. 그러나 아무리 세상이 급변해도 미래의 충격에 휩싸여도 변할 수 없는

뜻이 있다.

그리스도는 아득한 옛날에 죽었다. 그의 육체적 생존 기간은 매우 짧았다. 그러나 그의 생명력은 지금까지도 이어지고 있고 앞으로도 이어져 갈 것이다. 그리스도에 의지하면서 살아가는 사람도 영원히 이어지고 있으며 또한 영원히 이어져 갈 것이다. 그 사실을 부정할 사람 없고 오히려 그리스도와의 관계를 믿고 있는 사람들이 더 늘어나고 있는데 왜일까? 그리스도가 우리에게 남긴 것이 무엇이기에, 그에 대한 분명한 지식이 확인되지 않았음에도 그것을 분명한 태도로 믿고 있는 그 생명력의 원천은 무엇일까?

알고자 하는 그 무엇의 존재는 시대의 발전과 상관없이 인간의 삶의 전제가 되면서 줄곧 생명력을 이어왔다.

현대사회에서 가치를 창조하는 것은 현대사회의 구조를 따르는 지식이다. 그 근원의 뿌리가 전제되지 않으면 안 된다. 하지만 지식도 그것이 소용되는 곳을 찾지 못하면 지식으로서의 쓸모가 없게 된다. 지식을 쌓고 그 지식을 사용함으로써 자신의 스킬이 완성된다. 그러기 위해서 시대의 흐름을 읽자면 정말 많은 것을 알고 있어야 하고 그 대처법 또한 잘 알고 있어야 하며 변화하는 세상을 습득해야 한다. 인간은 계속 변화의 과정에 있으며 세상의 모든 것 또한 계속 변화하는 과정 속에 있다. 그대로 정체된 상태로 있는 것은 하나도 없다. 매 시간, 모든 것은 달라지고 있다.

빛의 속도로 발전해 가는 세상은, 아니 그런 세상에서 살아가려는 몸부림은 자칫 균형감각을 잃게 한다. 우리를 비틀거리게 해 제대로 균형을 세우기가 어렵다. 그렇더라도 우리가 해야 할 일은 모든 힘을 다해 균

형을 찾는 일이다.

삶의 바퀴가 균형을 잃어버리면 다른 바퀴가 먼저 닳게 된다. 삶의 균형은 반드시 이루어져야 한다. 인간만이 삶의 균형을 스스로 선택하여 만들어내는 피조물인 것이다. 이 선택의 힘을 빌려 삶의 균형을 유지해라. 그러기 위해선 삶의 영역에서 그대의 가치에 맞는 목표를 세워야 한다. 어떤 일을 하기 위해서 다가섰을 때 용기가 필요해질 때면 그것을 할수 있는 최선의 방법을 찾아내야 한다.

우린 이런 시대에서 살고 있다는 말이 자조 섞인 말로 변명처럼 들리지 않게 하라. 어떤 환경에 있더라도 자신의 삶 모든 것에 대한 책임은 바로 자기 자신이다.

존재의 가벼움을 존재의 무거움으로 만들지 마라

우리는 씨앗이 발아하듯, 적절한 공기와 햇빛을 받아 성장의 나무로 자라듯
그렇게 곧게 자라야 할 과정으로 전환해야 한다.

인간의 본성에 대해 군이 얘기하자면 정의로움보다 정의롭지 못하고
선함보다 선하지 못하며 솔직함보다 솔직하지 못함이 더 많다. 이성보다
비이성적이며 순수보다 불순하며 너그럽지 못하다. 가장 좋은 방법은 이
런 인간의 본성에 덜 상처받는 일이다. 그것을 내 스스로 만들지 않으면
안 된다.

우리가 어떤 존재인가는 어떤 것을 볼 수 있느냐에 달려 있다. 운명의
결정자는 나 자신이니 자신을 존중해라. 이 세상에서 나보다 나를 존중
해 줄 사람은 없다. 자신을 존중하는 사람만이 자신의 행동과 사고에 대
해 믿음을 갖게 한다.

자신이 최고라 생각하고 그 자존심에 대한 긍지와 자신감을 잃지 마
라. 지난 역사 속에서 나와 같은 사람은 없었다. 아무리 많은 사람이 새롭
게 태어나도 나와 같은 사람은 없고 또 태어나지도 않는다. 나와 다른 사
람이 생물학적 구조를 가질 확률은 무려 500억 분의 일밖에 되지 않는다.
이 세상 그 누구도 신체 지문은 같지 않고 생김새도 다르다.

정신이 온전치 못하여 광란하듯 하는 사람들의 힘을 우리는 힘으로 인정하지 않으며 올바른 사람으로 인정하지도 않는다. 또한 생명을 지닌 사람이라고 생각하지도 않으며 단지 그 사람 속에 존재하는 생명의 가능성만을 인정할 뿐이다.

반면에 건강이 약하여 별다른 힘을 쓰지 못하면서 겨우 몸의 움직임만 가능한 사람도 그 사람의 의식이 반듯하고 사람으로서의 이성을 갖추고 있다면 우리는 그 사람을 생명을 지닌 사람으로 인정한다. 그리곤 뒤에 그 사람의 건강한 생명을 기대한다.

우리의 생명은 태어나고 싶어 태어나는 것이 아니다. 필연의 일도 아니며 그래야만 하는 당위성도 없다. 그저 산달이 차서 엄마의 뱃속에서는 더 이상 생명을 유지할 수 없어 나왔을 뿐이다. 그리곤 성장해 왔다. 그렇더라도 그것을 합리적 생명체라고 한다면 우리는 씨앗이 발아하듯, 적절한 공기와 햇빛을 받아 성장의 나무로 자라듯 그렇게 곧게 자라야 할 과정으로 전환해야 한다.

우리가 살고 있는 이 어두운 세계에서는 설령 남에게서 빌려온 빛일지라도 태양이나 다른 별들 주위의 궤도를 따라 공전하며, 스스로 에너지를 생성하지 못하고 태양빛을 반사하여 빛나는 별 혹성이 있다는 것은 아주 고마운 일이 아닐 수 없다.

우리의 탄생도 그러하다. 나의 탄생이 나 스스로의 의지로 태어난 것이 아닐지라도 빛나는 생명을 얻을 수 있었던 것은 고마운 일이고 축복받을 수 있는 일인 것만은 분명하다. 그 생각으로부터 우리는 생명의 존엄성을 깨달아야 하고 인간의 본질에 다가서야 하며 이성의 존재라는 것을 자각해야 한다.

그럼에도 인생을 동물적 생존일 뿐이라고 말하는 사람이 있다. 그런 사람의 해석을 들으면 우리는 고개를 젓고 동의하지 않는다. 그것은 우리가 이성의 존재를 믿고 있기 때문이다. 만일 인간에게 이성을 없애버린다면 그런 주장을 하는 사람의 생각에 동의할 수 있을 것이지만 인간에게 이성이 생략된다면 인간의 동질성 회복은 어려울 것이며 본질도 파악할 수 없을 것이고 그저 동물적 생각과 행동만 존재할 것이기에 그럴 수 없다.

존재의 가벼움을 존재의 무거움으로 만들지 마라. 삶을 간결하게 꾸며라. 생명의 존엄을 인식하라.

가장 필요치 않은 것은 논쟁이다

논쟁거리가 있으면 침묵하라. 침묵하는 사람은 할 말이 없어서가 아니라 할 말이 너무 많기 때문이다.

논쟁에 승자는 없다. 논쟁만이 존재할 뿐이다. 논쟁에서 이길 수 있는 유일한 방법은 논쟁을 피하는 것이다. 그러나 논쟁을 피하는 일이 그렇게 쉽지 않다는 것을 우린 스스로 깨닫게 된다.

논쟁을 할 경우 당신이 옳을 수도 있다. 그러나 상대의 의견을 강제로 바꾸려 할 때는 당신이 옳아도 옳은 것이라 할 수 없다.

논쟁의 중심에는 자존심이 아주 중요한 근거가 된다. 모두가 자기의 자존심을 위해 논쟁을 벌이고 어떠한 논쟁거리라도 지고 싶어 하지 않으며 사실과 논리를 앞세워 상대를 굴복시키려 한다. 그러면서 논쟁은 더욱 거칠게 진행된다.

사람마다 자존심이 있어 무시당하면 화를 낸다. 그래서 상대방에게 모욕을 주는 일은 피해야 한다. 나쁜 짓은 용서받을 수 있지만 모욕은 용서받을 수 없기 때문이다.

만일 자존심을 버린다면, 상대방의 자존심을 위한 배려심을 보이면 어떻게 될까? 논쟁은 자연스레 끝나게 된다. 중요한 것은 상대를 어떻게 생각하느냐가 아니라 상대가 어떻게 생각하느냐 하는 것이다. 상대가 틀렸다면 누구보다 그 자신이 잘 알고 있을 것이다. 나 역시도 그렇다. 그러기 때문에 나의 주장만 되풀이하며 논쟁을 벌일 것이 아니라 상대의 의견과 입장을 받아들여 관용을 보이면 상대는 스스로 논쟁을 꺾게 된다.

인간의 가장 큰 약점은 '체면'을 중요하게 생각하는 것이다. 자존심도 체면 때문에 생겨난다. 나의 체면이 중요하면 남의 체면도 중요하다는 것은 분명하다. 누구나 최후의 심리 방어선을 가지고 있어 체면을 지키려는 행위는 본능에 가깝다고 해야 한다.

누구나 사람들에게 인정받고 싶어 하는 심리가 있다. 그 기저에도 자존심이 존재한다. 논쟁의 중심에도 자존심이 있다. 나의 자존심을 세우고 남의 자존심을 세워주는 일은 논쟁에서 벗어나는 일이며 그것을 피하는 일이다.

말은 양날의 칼과 같다. 양날의 칼이라고 하는 것은 어떤 일이든 좋은 면과 나쁜 면이 동시에 존재한다는 말이다. 그러기에 더더욱 하지 말고 조심해야 하며 피하는 것이 좋다. 좋고 나쁨이 동시에 존재하는 것엔 별로 얻을 것이 없고 상처만 입기 쉬울 뿐이다.

논쟁거리가 있으면 침묵하라. 침묵하는 사람은 할 말이 없어서가 아니라 할 말이 너무 많기 때문이다. 그럼에도 침묵하는 것은 상당한 용기와 인내를 필요로 하지만 결국 논쟁의 한가운데서 상처만 입을 것이기에 논쟁 앞에 침묵하는 것이 결국 옳다는 결론이다.

니체는 "자기에 대해서 많은 말을 하는 것은 자기를 숨기는 하나의 수단이 되기도 한다. 인간은 나무와 같은 것이다. 높고 밝음을 향해 올라가면 올라갈수록 그 뿌리는 점점 강하게 땅속의 아래쪽으로, 어두운 쪽으로 향한다."고 말했다.

말을 아껴라. 논쟁의 한가운데서 벗어나라. 굳이 말해야 한다면 논쟁을 피할 수 있는 좋은 말을 해라. 그런 사람이 남으로부터 존중을 받는다. 외교적 수완이 뛰어났던 사람들은 그 비결이 누구에게도 나쁜 점은 이야기하지 않았다는 것이다. 어떤 경우라도 남의 나쁜 점을 말하지 않는다면 인간관계 절반은 성공에 다가갈 수 있다.

입이 보살이라고 하지 않는가. 좋은 말을 전함으로써 좋은 사람이 된다. 논쟁을 벌이지 않고서도 남을 이기는 힘이 되고 가장 좋은 무기가 된다.

어떠한 일이 있어도 논쟁에 참여하지 마라. 세상에서 가장 쓸모없는 일이 논쟁에 휩싸이는 일이다. 얻을 것이 없고 잃는 것만 남는 것이 논쟁이다.

용서하는 마음

> 자유는 원래부터 우리가 누리고 있는 것이 아니다. 쟁취하여 내 것으로 획득하는 것이다. 억압하는 부자유로부터 스스로 탈출하는 것이다.

넬슨 만델라가 그의 자서전에서 다음과 같이 토로했다.

"어떤 사람이나 기관이나 나에게서 존엄성을 빼앗아 갈 생각이라면 실패할 것이다. 내게 얼마를 준다 해도, 강요를 한다 해도 나는 절대 존엄성을 버리지 않을 것이기 때문이다. 나는 근본적으로 낙관주의자다. 낙관주의자가 된다는 것은 태양을 향해 머리를 드는 것이며 앞을 향해 발걸음을 내딛는 것이다. 인류를 향한 내 믿음이 시련을 당하던 어두움의 순간도 많았지만 그렇다고 해서 좌절하거나 절망에 빠질 수는 없었다. 절망에는 패배와 죽음만 있을 뿐이다."

넬슨 만델라는 남아프리카공화국에서 출생한 인권운동가로서 아프리카민족회의에 가입, 반인종차별 활동으로 1956년 내란죄로 구속되어 종신형을 받았다. 그는 27년간 수감 기간 대부분을 중죄인 형무소인 '로벤아일랜드'에서 날마다 채석장에서 채굴작업을 하며 그 오랜 날들을 이겨냈다. 그는 교도관 세 명의 감시를 받으며 수형생활을 하다 1990년 석방된 뒤 다인종 남아프리카 건설에 노력하였고 1993년 노벨 평화상을 받고 다음해 남아프리카 최초의 민주선거에서 최초의 흑인 대통령으로 당선되어 1999년까지 재임하였다.

그는 대통령 취임식에 자신을 감시하던 교도관 세 명을 초청하였다. 그리곤 앞줄에 앉아 있던 세 명의 교도관에게 일어서 줄 것을 요청한 그는 그들이 자리에서 일어서자 그들에게 경례를 했다. 이를 지켜보던 많은 사람들과 세계 사람들은 잠시 말을 잃었다. 그의 아량과 용서하는 마음, 자신을 감시하던 교도관에게 경의를 표한 그의 행동은 그가 감옥에서 나올 때 한 말과 통한다.

"섬의 감옥에서 풀려나 자유의 감옥으로 향할 때 나는 내가 만약 비통한 심정과 원한을 버리지 않고 나온다면 그 섬의 감옥에 그대로 수감되어 있는 것과 다름없다는 것을 깨달았다."

자유는 원래부터 우리가 누리고 있는 것이 아니다. 쟁취하여 내 것으로 획득하는 것이다. 억압하는 부자유로부터 스스로 탈출하는 것이다.

"착한 머리와 착한 가슴은 언제나 붙어 다닙니다. 강철 같은 의지와 필요한 기술만 있다면, 세상의 어떤 불행도 자기의 승리로 탈바꿈시킬 수 있습니다. 사람 간에는 무엇을 가지고 태어났느냐가 아니라, 무엇이든 자기가 가진 것으로 무엇을 이루어 내느냐는 차이가 있을 뿐입니다. 어느 민족에게든, 발전을 이룩하기 위한 가장 위대한 무기는 평화입니다.

눈에 보이고 의사가 고칠 수 있는 상처보다, 보이지 않는 상처가 훨씬 아픕니다. 남에게 모멸감을 주는 것은 쓸데없이 잔인한 운명으로 고통받게 만드는 것이라는 걸 나는 알았습니다. 용기란 두려움이 없는 것이 아니라, 두려움을 이기는 것이라는 걸 나는 알았습니다. 지금 기억나는

것보다 더 여러 번 두려움을 느꼈지만, 담대함의 가면을 쓰고 두려움을 감췄습니다. 용감한 사람은 무서움을 느끼지 않는 사람이 아니라, 두려움을 정복하는 사람입니다."

그의 연설은 인류에게 많은 감명을 주었다.

진정한 용기를 가져온 것은 자신을 아프게 한 것에 대한 용서였다. 용서함으로써 그 모든 것을 잊었다. 27년간의 수형생활도 잊었고 자신을 핍박한 사람들의 행위도 잊었다. 이 위대한 자아의 참뜻, 용서라는 단 하나의 단어에 모두 담겼지만 그를 지켜보는 인류에게 남긴 것은 정말 위대했다.

우리는 이런 위대함에 속한 삶을 언제까지 동경만 하고 있을 것인가? 모를 일이다.

인간은 그렇지 않다

모든 존재의 내면에는 다른 무엇보다 중요한 주제가 있는데 '왜 존재해야 하는가' 하는 것에 대한 답변이다. 인간으로서 무엇을 위해 어떻게 살아가야 하는가 하는 문제에 대한 답변이다.

다산 정약용은 이렇게 말했다.

"아무리 맛있는 음식도 입 안으로 들어가 목구멍으로 삼켜지면 더러운 오물로 변해 버린다. 맛있고 기름진 음식만을 먹으려 애쓰면 결국 화장실에 가서 대변을 보는 일에 힘을 소비할 뿐이다."

혀는 맛을 분간한다. 그러나 목젖을 넘는 순간 맛은 사라지고 어느 것 할 거 없이 모두 다 오물이라는 것에 함몰된다. 그럼에도 사람들은 그저 혀에 감도는 맛에 취해 탐욕의 눈을 이글거리고 있다.

아마 동물들에게 식욕이 없었다면 그물이나 포수에 걸리는 동물은 한 마리도 없었을 것이고 인간에게 식욕이 없었다면 그 동물을 한 마리도 잡지 않았을 것이다. 먹는 것에 대한 욕망에 사로잡히면 위장의 노예가 되어 게걸스러워 하찮은 동물의 욕망과 다르지 않다. 호랑이는 포식하는 것에 만족하지만 인간은 그렇지 않다.

인간은 배고픔에서 벗어나는 순간 삶의 더 높은 가치를 찾는다. 정의롭게 사는 삶이 어떤 것이며 올바른 삶에 대한 논증에 부딪쳐 고민하게

된다.

　모든 존재의 내면에는 다른 무엇보다 중요한 주제가 있는데 '왜 존재해야 하는가' 하는 것에 대한 답변이다. 인간으로서 무엇을 위해 어떻게 살아가야 하는가 하는 문제에 대한 답변이다. 이 답변을 스스로 내릴 수 있는 사람이 되기 위해 필요한 조건은 무엇인가?

　인간은 곤충에 비하면 웅대하고 고등한 동물이지만 지구와 비교하면 비교조차 할 수 없는 나약한 것이 된다. 그러나 그런 지구도 태양과 비교하면 한 알의 모래알보다 작은 것에 불과하다. 그럼 태양은 어떤가? 태양을 또 다른 은하계와 비교하면 그 역시도 보잘것없는 것에 불과하다. 비교 우위를 정하는 것은 이렇듯 상대적인 것에 따라 크기도 하고 아주 작은 것이기도 하다. 그래서 우리는 나의 존재가 속한 것에 대한 감사와 은혜를 안고 살아야 하며 거기에 만족할 줄 알아야 한다.

　인류를 위한 발견이나 창조만이 위대하다고 한다면 대다수 사람들의

삶은 무의미하게 된다. 보통 사람들의 삶은 자기 긍정과 자기중심의 사고에서 그 나름 충실하게 살려고 하는데 거창하게 인류를 위한 발견을 고무하고 창조를 강요한다면 그렇게 살아갈 수 있는 사람이 과연 얼마나 되겠는가?

인간은 동물과 다르다. 이성을 통한 욕구가 동물과 다름을 증명하며 어떻게 인간다움으로 생명을 지닐 수 있는가에 번민하며 인생의 절대적 가치, 인간으로서 소명을 어떻게 다해야 할 것인가에 대한 고민이 없을 수 없다.

인생은 미각과 같은 짧은 맛을 허용하지 않는다. 목구멍을 지나면 오물로 변해버리는 음식과는 비할 수 없다. 그것은 굶주림을 해소하는 가치를 지니고 있을 뿐 인간의 삶은 웅대하고 정의로워야 한다. 동물들과 다름을 증명할 수 있어야 한다.

자기 감정을 다스리는 일, 인간으로서 본연의 나를 찾아가는 길, 그것이 동물들과의 차이점이며 나의 마음을 어지럽히는 것으로부터 해방되는 길이다.

대반열반경에 다음과 같은 말이 나온다.

"깨끗한 물이 고여 있는 길에 수레가 지나간다. 수레바퀴가 지날 때마다 물은 점점 흐려진다. 본래 맑고 깨끗했던 물은 사라지고 뿌연 물만 웅덩이에 남는다. 바퀴가 물을 흐리게 했다고 생각하는가? 수레가 모두 지나고 나면 물은 점차 본래대로 깨끗해진다. 어우러졌던 흙과 먼지, 부유물을 내려놓고 천천히 본래의 모습으로 돌아간다. 물을 흐리게 한 것은 아무것도 없다. 그래서 물은 수레를 탓하지 않는다. 그대는 어떠한가? 마음이 어지러울 때 어떤 생각을 하는가?"

고통 속에서 성장한다

고통이 있음으로 해서, 그 고통을 벗어나기 위해 생명 있는 것들의 합리적 생
명이 존재한다는 것을 잊어선 안 된다.

자연은 살아 있는 모든 생명체에게 생존하려는 본능을 주었다. 생명
있는 것들은 모두 고통 속에서 성장한다. 씨앗도 땅을 뚫고 나오는 고통
을 참아야 하고 동물들은 약육강식에 의한 생명의 위협에 시달리면서 생
존을 이어가게 된다. 인간 역시 삶의 여러 대조적인 사건들로 고통을 겪
게 된다. 병적인 감각에 시달리면서 그것을 인내하는 시험을 강요받는
다.

고통은 곧 아픈 것이다. 아픈 만큼 성숙을 가져오고 생명을 보존한다.
'아프다' 라는 감각을 느끼지 못한다면 우리는 과연 우리의 육체를 온전
하게 보전할 수 있었을까? 팔다리가 잘려 나가도 아픔을 느끼지 못하면
그것을 별다르지 않게 용인했을 것이고 상처가 나서 피를 흘려도 아픔이
느껴지지 않는다면 그 상처도 그대로 방치했을 것이다. 결국 피를 많이
흘려 죽어가는 순간도 느끼지 못할 것이다.

고통이 있음으로 해서, 그 고통을 벗어나기 위해 생명 있는 것들의 합
리적 생명이 존재한다는 것을 잊어선 안 된다. 그러기에 고통을 고통으

로만 느낄 것이 아니라 생명을 보존하는 수단으로서의 가치로 승화시키지 않으면 안 된다. 하지만 고통을 견뎌내고 이룩해낸 올바른 성장도 그것이 꺾일 때는 아주 하찮은 일에서 공염불이 되는 수도 있다.

다음의 말은 에머슨이 강연에서 청중들에게 들려준 말이다.

"콜로라도 주 롱피크의 언덕에는 바로 생명을 다한 고목이 있습니다. 식물학자들은 그 나무가 400년 이상 되었을 거라고 추정합니다. 그렇게 오랜 날들을 살아오면서 거목은 열 네 번이나 벼락을 맞았고 셀 수 없는 폭풍우를 온몸으로 견디면서 결코 꺾이지 않는 영웅의 모습으로 당당히 서 있었습니다. 그러나 그 나무가 견디지 못한 건 바로 딱정벌레였습니다. 곤충들이 나무뿌리를 갉아먹기 시작하면서 나무는 생명을 잃어갔고 끝내 쓰러지고 말았습니다. 수백 년 동안 거친 비바람과 천둥번개에도 쓰러지지 않았던 나무가 아주 보잘것없는 딱정벌레의 공격에 생명을 다한 것입니다."

이렇듯 험난한 자연환경 속에서 고통을 참아내며 성장한 고목도 하찮게 여겨지는 곤충들에 의해 죽어간 예를 보면서 우리는 여러 가지로 깨달을 것이 많다.

고통 속에서 삶을 살아가는 것은 그 삶의 온전함을 유지하기 위해서다. 그러나 항상 신중하고 조심스럽게 그 삶의 온전함을 유지할 수 있어야 한다. 이것은 고통을 참아내면서 이룩한 결과를 만드는 것보다 더 중요한 일이 될 수 있다.

고통을 고뇌로 알지 않고 사는 사람이 현명한 사람이다. 고통을 두렵게 생각하는 사람이 되지 마라. 고통은 우리에게 통증을 주지만 그것이 삶의 요소라는 것을 생각하면 반려적 색채가 짙다.

길이 막힌 곳에서 길은 다시 시작된다

자기 자신이 부족하다고 생각하는 사람은 그의 본질이 어떻든 간에 부족한
사람이며 성공을 기대하지 않는 것이 좋다.

하나의 끝은 하나의 시작으로 연결된다. 과거가 종료되는 시점은 현
재의 시작점이며 길이 막힌 곳에서 길은 다시 시작된다. 그런데도 사람
들은 종종 자신의 한계를 감지한다. 한계란 슬라브어 원형에서는 '모퉁
이'라는 의미를 지니는데 그 말의 뜻을 살피면 모퉁이에서 판단의 정확
성을 잃고 자신감을 상실했다는 것이다.

내가 느끼고 있는 한계를 극복하는 일이 무엇보다 중요하다. 한계를
극복하기 위한 가장 필요한 전략은 적극적인 자세이며 적극적인 자세는
어떤 일에든 불나비같이 덤벼드는 것이 아니라 그 일을 살피고 그 일의
장단점을 가려내는 차분함이 포함된다. 이것은 마치 종이의 표리와 같아
두 가지 면을 다 생각하지 않고서는 종이라는 인식을 할 수 없는 것과 마
찬가지이다.

평균적인 태도로는 성공할 수 없다. 남을 설득시키기도 어렵고 감동
을 주는 일도 불가능하다. 성공을 이루기 위한 계획은 철저해야 하고 아
울러 최선인가를 살펴야 한다. 여기에 '만약'이라든가 '그러나'와 같은

말이 포함되어선 안 된다. 성공한 사람들이 많지 않은 것은 대부분의 사람들이 부정적인 생각을 하고 있기 때문이며 성공하는 사람이 되려면 부정적인 생각들을 긍정적인 생각으로 빨리 전환시켜야 한다. 부정적인 생각이 자기를 지배하고 있는 한 성공은 기대하지 않는 것이 좋다. 자기 자신이 부족하다고 생각하는 사람은 그의 본질이 어떻든 간에 부족한 사람이며 성공을 기대하지 않는 것이 좋다. 왜냐하면 부족하다는 생각이 항상 그의 행동을 통제할 것이기 때문이다.

어떤 일이든 나는 해낼 수 있다는 자신감을 가져라. 모든 일은 자신감 앞에서 정복된다. 자신감 없는 일에는 성취가 없으며 자신감은 능동적인 힘을 만든다. 그러나 패배감은 수동적인 두려움에서 생겨나며 두려움은 경험의 부족에서 생긴다. 그것은 무지를 낳고 무지는 다시 더 큰 두려움이 생기게 한다. 자신감이란 두려움이 없는 그 상태가 아니라 그것을 이겨낼 수 있는 것이다.

성공한 사람들 대부분은 애초부터 성공하기 위한 이점을 갖고 있지 않았다. 유산이나 특별난 지능지수를 갖고 있지도 않았다. 그들은 오직 계획된 목표를 지속적으로 밀고 나가 성공을 이루었다.

인간이 성공을 갈망하는 것은 매우 자연스러운 일이다. 성공을 이룬다는 것은 이론에 불과하지 않으며 합당한 조건이 완벽하게 갖추어져만 이룩되는 것이다. 성공하기 위한 가장 훌륭한 조건은 우리가 현재 어디에 있는가가 아니라 어떤 방향으로 가고 있는가이다. 목적을 통해 내가 가고 있는 방향의 길은 성공을 향한 과정이다.

행복한 인생 여정을 위하여

우리의 삶이 행복하게든 불행하게 나타나는 것도 냉정한 해부에 의하면 모두 각자가 지닌 마음에 따라 나타나는 것 아니겠는가. 분명한 것은 행복은 불행을 지배한다.

생명이 다한 날 아침, '나는 다시 태어나도 똑같은 인생을 살고 싶다'고 말할 수 있을까? 우리는 그렇게 말할 수 있어야 하고 그렇게 말할 수 있는 인생을 만들어야 한다. 정말 잘 살았다고 생각할 수 있는 인생, 다시 태어나도 그대로 살고 싶은 인생, 그 행복한 인생 여정을 위한 인생이어야 한다.

인생에서 일어나는 모든 일은, 더더욱 나에게 일어나는 일은 빛나는 것이라고 생각하고 뜻이 있고 의미 있는 일이라 생각해라. 인생을 빛나게 하는 것은 내가 어떻게 생각하고 있느냐에 따라 결정된다.

인간의 역사가 진행되는 동안 인류의 위대한 지도자들은 인생을 여러 가지로 정의를 내렸다. 그럼으로써 인류에게 올바른 생각과 인생이 무엇인지를 가르쳐왔다. 그러나 그들의 가르침에도 우리는 여전히 그것을 따르지 못하는 모순을 이어가면서 어지러운 세상을 헤엄쳐 간다.

매순간 올바른 생각과 행복하다는 생각, 이기적이지 않고 남을 배려하는 마음으로 산다면 그것보다 좋은 삶이 또 있을까. 자신을 격려하라.

그렇게 살 수 있다고 격려하고 또 격려하라. 격려가 자주 되풀이될수록 그대의 삶은 그렇게 이룩될 수 있다.

나 스스로 내 존재를 숭엄하게 하라. 세상 어디에도 나와 똑같은 존재는 없으며 내가 나를 아끼지 않으면 나를 아낄 사람은 없다. 행복한 인생을 만들기 위해선 나 자신의 존재가 올바로 성립되어야 하고 나 자신에 대한 보살핌이 있어야 한다. 내가 온전하지 않고서 행복을 차지하려는 것은 헛된 욕심에 불과하다. 나를 조각하고 나의 인식을 가장 평온한 상태로 유지하는 것이야말로 행복한 인생 여정을 만드는 지름길이다.

나의 인생 여정은 행복한 길이라는 것을 믿으며 살라. 어떠한 경우라도 즐거운 마음가짐을 버리지 마라. 자기가 걸어가는 길이 고달프다고 생각하는 사람에게는 미풍도 미풍이 아니며 모든 것이 마음가짐에 따라 어려운 길이 쉬운 길이 되고 쉬운 길이 어려운 길이 될 수 있다.

우리의 삶이 행복하게든 불행하게 나타나는 것도 냉정한 해부에 의하면 모두 각자가 지닌 마음에 따라 나타나는 것 아니겠는가. 분명한 것은 행복은 불행을 지배한다. 불행이 아무리 고개를 쳐들고 꽂꽂이 덤벼도 행복을 누를 순 없다. 이것은 삶의 이치이다. 우리는 이치에 따른 논거를 두고 살아야 한다. 이치를 떠나 생각하고 행동하는 일에는 성립이란 자체가 존재하지 않기 때문이다.

우리는 행복하게 살 권리가 있다. 누구나 필요한 만큼 행복을 누릴 권리가 있다. 우리는 현재에서 행복을 찾으려는 대신 미래의 어떤 곳에서 행복을 얻게 될 것이라고 믿는다. 그러나 그것은 헛된 믿음이다. 행복은 미래에 있지 않고 현재에 있기 때문이다. 기다리는 것보다 맞이하는 것이 행복의 속성이며 미래의 허상을 상상하는 것이 아니라 느낌으로 전달되는 것이다.

진정한 행복을 찾는 일은 오늘을 사랑하고 자신을 사랑하는 일이다. 그것을 제외하고서 행복을 말하는 것은 행복이 아니다.

그렇다면 자신을 사랑하는 일은 쉬운 일인가? 그 어떤 계율에 속해 있어 어려운 일인가? 아니다. 그런 것이 아니다. 니체의 '차라투스트라는 이렇게 말했다'에 나오는 다음의 말이 어쩜 진정한 해답이 될 수 있지 않을까 생각한다.

"자신을 사랑하는 것을 배우는 것은 오늘이나 내일을 위한 계율은 아니다. 오히려 이것은 모든 기술 중에서 가장 세밀하고 가장 교묘하며 가장 커다란 인내심이 요구되는 궁극의 기술이다."

가난한 것에 대하여

가난하다면 가난할 수 있겠으나 그래서 우리는 결코 가난하지 않다. 가난하다고 느끼는 것은 정신의 자세이지 마음의 자세가 아니다.

나는 지금 가난하다 생각하고 앞으로도 가난에서 벗어날 수 없다는 의식이 가장 큰 문제이다. 이런 사람들은 가난에서 벗어나고자 하는 의식 대신 가난의 환경에서 살아갈 수밖에 없는 운명이라는 의식을 당연하게 받아들이며 살고 있다. 그러나 누구에게나 가난에서 벗어날 수 있는 기회가 있고 노력에 따른 열정이 가난에서 벗어나게 한다. 그 희망의 탐조등이 자신에게 비출 것을 깨닫고 있어야 한다.

절망에 따른 가난은 우리에게 아무것도 줄 것이 없다. 그 자체로 절망이다. 하지만 가난을 부유함으로 바꾸기 위한 프로그램은 얼마든지 짤 수 있고 그것을 실행으로 옮길 수 있으며 그로 말미암아 자신의 삶을 개선시킬 수 있다. 부족과 결핍의 마음만 버리면 금방 가난에서 벗어나는 기분을 느낄 수 있음에도 불구하고 우리는 모든 일이 잘 될 거라는 신념과 기대를 버리고 있다.

당장 나는 가난에서 벗어날 수 있을 것이라는 확신을 가져라. 확신은 의지보다 더 강하다는 것을 나는 알고 있다. 확신을 하고 있지 않으면 그 어떤 의지력도 나를 개선시킬 수 없다. 어떠한 경우에도 확신만은 버리지 마라. '나는 할 수 있다'는 강한 신념을 보태 모든 절망과 어둠을 떨치고 분명 일어설 것이라는 확신은 그동안 나를 감싸고 있던 권태와 흠결을 사라지게 할 것이다.

그동안 너무나 많은 사람들이 자신을 가난 속에 가두고 거기에서 헤어 나오지 못하고 있었다. 당장 느끼고 있는 가난의 한계에서 벗어나고자 노력하지 않으면서 어둠의 세계에 갇혀 있었다. 하지만 이제부터는 긍정하는 마음으로 부정의 형식에 매몰되었던 자신을 밝은 세상으로 끌어내라.

가난과 결핍에 매몰되었던 자신의 의식을 깨고 '반드시 해내고야 말겠다'는 의지와 그에 대한 확신! 가난과 결핍은 우리의 신성한 본질에 맞지 않으니 나도 부자가 될 수 있고 풍요를 누릴 수 있다는 그에 대한 확신! 내가 원하는 것은 무엇이든 쟁취할 수 있다는 생각, 그 생각의 존재가 나 자신임이 분명하다는 바로 그 생각! 모든 꿈의 완성을 위한 길로 통하게 해주는 것은 이것들이다.

우리는 스스로 생각하고 있는 것보다 훨씬 부자다. 세상의 너른 공간을 자유롭게 누리고 자연의 아름다움을 얼마든지 흠모할 수 있으며 맑은 산소의 흡입은 무한리필이다. 가난하다면 가난할 수 있겠으나 그래서 우리는 결코 가난하지 않다. 가난하다고 느끼는 것은 정신의 자세이지 마음의 자세가 아니다.

풍요롭게 좋은 시절을 누리며 살았던 사람은 그 시절이 지났을 때 대체적으로 파멸하게 된다. 그리곤 자신의 삶 어느 구석에도 만족할 수 있는 것이 하나도 남지 않았다는 것을 깨닫게 된다. 이는 바로 자기 존재 자체를 계발하지 않았기 때문이다.

인간은 아무리 좋은 시절을 맞이해도 항상 자기 존재를 계발하지 않는다면 잠깐의 황금기를 누릴 수 있을지는 몰라도 영원한 황금기를 맞이할 수 없다.

가난하다는 생각과 부유하다는 생각의 차이는 감정의 지배에서 생겨난다. 바로 생각이 만들어낸 피조물이다. 가난하면서 가난하지 않다는 것과 부유하면서 부유하지 않다고 생각하는 것은 바로 그때문이다.

『사랑은 충분하지 않다』의 저자 데이비드 D. 번즈는 다음과 같이 말했다.

"감정의 감옥에서 해방되는 비결은 의외로 간단하다. 생각이 감정을 만들어낸다는 사실을 명심하는 것이다. 당신의 감정은 잘못된 생각에서 만들어졌을지 모른다. 불쾌한 감정은 단지 당신이 무언가를 부정적으로 생각하고 있다는 걸 말해 줄 뿐이다. 당신의 감정은 마치 새끼오리가 어미의 뒤를 졸졸 쫓아다니듯 당신의 생각에 뒤따라 나타난다."

나의 잠재력을 믿어라

우리는 항상 현재를 무시하고 미래에만 시선을 고정시킨다. 미래는 현재에 계속 떠밀리며 존재한다는 것을 모르고 있으며 미래는 언제나 오늘이라는 것을 모르고 있다.

어떠한 일이 있어도 자신의 잠재력을 부정해선 안 된다. 인간은 놀라운 잠재력을 가진 존재이다. 재능은 누구에게나 있다. 많고 적음의 차이는 있을지 몰라도 누구나 가지고 있는 것이며 그 재능을 발휘하는 사람은 성공하게 되고 재능을 찾지 못한 사람은 실패하게 된다.

우리는 뛰어난 재능을 가지고 있으면서도 그것을 찾아내지 못해 허둥거리는 사람을 발견하게 된다. 오히려 재능은 자신이 찾아내는 것보다 남이 먼저 그 재능을 알아차리게 되는 경우도 많다. 중요한 것은 스스로 자신의 재능을 찾아내 잠재력을 보이는 것이다. 남이 나의 잠재력을 찾는 일은 시간이 많이 걸릴뿐더러 어떤 계기가 마련되어야만 드러나게 되어 있어 그것을 찾아내는 일이 어렵다.

자기 능력에 대한 수요가 있으면 공급은 언제나 수요가 있는 곳에서 발견된다는 것을 잊지 마라. 성공한 사람들의 성공 비결은 바로 능력에 대한 수요를 창출했기 때문이다. 할 수 있다고 믿기만 하면 못해낼 것이 없다. 운명의 많은 부분은 자기 자신이 만들어내는 것이기에 해낼 수 있

다는 믿음을 항상 마음속에 지니고 있어야 한다. 할 수 없는 일보다는 할 수 있는 일이 훨씬 많기에 그렇다.

생명이 살 수 없을 것 같은 척박한 땅에서도 식물이 자란다. 빛과 생명을 향한 줄기를 뻗고서 강인한 생명력을 내보인다. 모든 것의 생성과 발전에는 그에 상응하는 시간이 걸리게 되어 있으며 그것을 바라보는 경이로움은 신비롭다.

자신의 잠재력은 시간을 통해 만들어진다. 하나의 힘으로 작용하기까지에는 시간을 아껴야 하며 가장 귀중한 시간은 현재의 이 순간뿐이다. 그대는 이 순간에만 자신의 지배자가 될 수 있다.

우리는 가끔 나는 무엇인가, 나는 지금 무슨 일을 하고 있으며 무슨 생각을 하며 느끼고 있는가를 자문할 때가 있다. 나는 어제는 사라졌다고 믿고 있으며 내일은 아직 다가오지 않았다고 믿고 있다. 나에게 속한 유일한 시간은 바로 오늘의 이 순간이라고 믿고 있다. 이런 믿음으로 나는 오늘을 살아내고 있다. 오늘의 시간을 소중하게 여기고 있으며 초침이 분침보다 느리게 가기를 바라지도 않고 분침이 초침처럼 빨리 가기도 바라지 않는다. 그저 시곗바늘의 규칙적인 움직임에 따른 시간 본위에 따르고 있으며 현재야말로 우리가 진정으로 가지고 있는 유일한 시간이라고 믿고 있다.

우리는 항상 현재를 무시하고 미래에만 시선을 고정시킨다. 미래는 현재에 계속 떠밀리며 존재한다는 것을 모르고 있으며 미래는 언제나 오늘이라는 것을 모르고 있다. 나는 사람들의 이런 점이 안타깝다. 내일은 미래다. 그래서 미래를 맞이하기 위해 오늘을 보내고 내일로 다가서면 그 내일은 반드시 오늘로써 존재한다.

우리가 살아가는 이 세상은 우리 마음이 투영된 세상이다. 우리 마음을 벗어나지 않는 세상은 그래서 어떤 방법으로 살아가느냐에 따라 달라진다.

세상을 제대로 볼 수 있는 사람은 세상 저 너머의 것도 바라볼 능력이 생긴다. 잠재력은 그런 것이다. 우리는 인간임을 증명하면서 여타 동물들과 비교 우위의 대상이 될 수 없는 것은 바로 이러한 능력을 지녔기 때문이다.

나의 잠재력을 믿어라. 무엇이든 할 수 있고 무엇이든 창조해낼 수 있는 저 내면에서 잠자고 있는 너의 능력을 깨워라. 남들이 해내는 일들은 나도 할 수 있다는 믿음이 너의 반석이고 너의 힘이며 인간이 지닌 무한의 가치이다.

현재는 바로 과거에 자신이 선택한 결과이다

강폭 가득히 물을 채워 바다로 흘려보내는 강일수록 그 흐름은 깊고 조용하다. 내 삶을 그런 강물 위에 떠워 바다로 흘려보내라.

현재의 시간은 지나가자마자 꿈이 된다. 그러므로 현재를 잘 다스릴 필요가 있다. 과거에 할 수 있었음에도 불구하고 할 수 없었던 일을 생각하는 것, 아니면 미래에 무엇을 할 것인가에 대한 꿈을 꾸는 것, 어쩜 과거와 미래는 헛된 것이면서 거기에 의지하려는 생각은 어리석은 일이 아닐 수 없다. 그런 시간에 현재를 위하는 마음으로 현재의 시간을 다스리면 이보다 나은 것이 있을 수 없다.

우리는 호수면湖水面의 어떤 부분도 다른 부분보다 더 높게 수위가 올라간 것을 본 적이 없다. 어떤 일이 있어도 호수면의 어느 한 부분이 더 올라가지 않는다. 그것은 가능하지 않다. 그런데도 사람들이 호수면의 한 부분의 수위를 높이려고 갖은 방법과 노력을 다한다면 그것은 바로 자신이 하는 일이 헛수고임을 깨닫지 못하고 있기 때문이다. 그것을 깨달은 사람은 그런 무모한 일에 시간을 허비하지 않는다.

과거는 부정적인 그림자이다. 이미 가버린 것으로서 소모되어 버렸으며 미래는 그저 희망을 기대하는 그림자에 불과하다. 미확정지대를 그리는 셈이다. 인간의 힘으로 과거를 되돌릴 수는 없으며 미래를 먼저 경험하여 현재를 설계한다는 것도 불가능하다. 그런 감각은 애초부터 존재하지 않는다.

현재는 바로 과거에 자신이 선택한 결과대로 나타난다. 그렇다면 미래 역시 현재 내가 선택한 결과대로 나타나는데 인간이 해온 여러 가지 일 중에서 가장 어리석었던 일은 과거의 일이든 미래의 일이든 변화할

수 없는 것을 변화시키려 했던 점이다. 이 헛된 노력에 많은 시간을 허비하면서 얼마나 많은 허무를 경험하였던가. 변화할 수 있는 것이 천 가지가 넘는데도 몇 가지 안 되는 그 변화할 수 없는 것에 대한 헛된 몸부림. 가장 기초적인 변화는 지금 그대가 가장 쉽게 할 수 있는 일이다. 나태하다면 부지런으로 변화하고 절망에 빠져 있으면 희망의 나라로 이사하면 되고 불행하다면 행복을 찾아 떠나면 된다. 이 어렵지 않은 일들을 찾지 못하고 나태함에 절망에 불행에 빠져 허우적대는 삶, 당장 부활을 꿈꾸고 희망의 발걸음을 내딛어라.

현재가 현재를 낳았다. 그것을 달리 표현하면 과거에 어떤 생각과 어떤 목표를 가졌느냐에 따라 현재 어떤 모습으로 변했는가를 알 수 있다는 점이다. 그것은 바로 미래와 연결되어 또다시 현재를 만든다는 이야기가 된다.

현재의 삶과 시간은 분리될 수 없다. 그런데 우리는 분리될 수 없는 시간을 마구 낭비하고 있다. 퍼도 퍼도 마르지 않는 샘물을 마시는 것처럼 생각하고 있다. 삶을 구성하고 있는 시간의 중요성에 빨리 다가서라. 그리고 보물단지를 다루듯 아껴라. 현재의 시간만이 나의 존재를 부각시키고 나의 꿈을 완성시킨다.

어떤 물줄기도 수원水源보다 높이 올라갈 수 없다. 호수의 크기보다 더 담길 물은 없다. 모든 것은 내가 목표로 정하고 꿈을 먹으며 그것을 결심할 때 이룩된다. 오늘 내가 선택한 일에 한 걸음 더 다가서는 것, 이것이야말로 자신 속에 갇혀 있던 힘으로 접근하는 것이다.

강폭 가득히 물을 채워 바다로 흘려보내는 강일수록 그 흐름은 깊고 조용하다. 내 삶을 그런 강물 위에 띄워 바다로 흘려보내라.

하늘과 땅의 성격처럼

어떤 일을 하게 되었을 때는 그 일을 하기에 가장 알맞은 자세가 되는 것이다.
그리곤 그 자세에서 함께 완성할 대상이나 도구를 찾아야 한다.

오늘 내가 에리히 프롬의 다음과 같은 말을 전한다.

"땅과 하늘이 서로 기쁨을 느끼지 않는다면 왜 땅과 하늘이 애인들처럼 포옹하고 있는가? 땅이 없으면 어떻게 꽃이 피고 나무가 자랄 것인가? 그렇다면 하늘은 무엇을 위해 물과 열을 만들어 낼 것인가?

낮과 밤은 겉으로는 적이지만 동일한 목적에 이바지하고 있고, 서로의 일을 완성하기 위해 밤과 낮은 서로 사랑하고 있다. 밤이 없으면 인간의 본성은 아무 소득도 얻지 못하고 따라서 낮에는 소비할 것이 없다."

우리가 완성된 일을 만들려면 나 혼자만의 힘으로 이룰 수 없다. 그 크기에 따라 조직이 필요하고 계획이 필요하며 그것을 완성시키기 위한 도구가 필요하다.

인간에게는 일은 일, 생활은 생활이라는 식으로 완전히 따로 떼어서 생각할 수 없는 것이 있다. 어떤 일을 하게 되었을 때는 그 일을 하기에 가장 알맞은 자세가 되는 것이다. 그리곤 그 자세에서 함께 완성할 대상이나 도구를 찾아야 한다. 내 일을 도울 사람을 찾거나 내 일에 없어선 안

될 도구를 찾아내는 일이야말로 하늘과 땅의 성격처럼 서로 사랑하는 일이 된다.

커다란 목표를 달성하려면 개인의 힘만으론 달성하기 어렵다. 조직의 한 사람 한 사람의 힘이 모아져야만 그 상승된 능력으로 가능하다. 그렇다면 인간관계가 원만해야 한다는 것은 분명한 일이다. 조직 구성원의 성격이나 입장을 잘 이해하고 상대방의 말에 귀 기울여 서로 협조하는 정신을 키워야 한다.

세상을 살다 보면 나 혼자 해낼 일은 별로 없다. 모든 일이 함께 힘이 합쳐져야 하고 남의 힘을 필요로 한다. 혼자 하는 일은 별다른 생산을 얻지 못하고 에너지의 충만이 적을 수밖에 없다. 그것이 사회이고 그것이 사회의 일원으로서 내가 존재하는 것이다.

인간경영이란 남과의 관계를 통해 일을 성취하는 것이다. 하늘과 땅의 성격처럼 서로 합일되는 그 지점에서 목적을 이룰 수 있다. 혼자만의 결정과 혼자만의 성격이 지어진 일들은 견고할 수 없다.

그림자를 몰아내기에는 한 줌의 햇빛이면 족하다. 차축이나 수레의 바퀴가 삐걱거리면 몇 방울의 윤활유만 있으면 그 소리를 잠재울 수 있다. 필요로 하는 것의 채움은 자신의 성질과 전혀 다른 것이다.

모든 것은 내 책임이다

깊은 강의 물은 돌을 던져도 살짝 파문을 일으킬 뿐 흔들리는 법이 없잖은가.
우리들이 기대하는 것은 그런 것이다.

리처드 바크는 이렇게 말했다.

"삶에서 만나는 한 사람 한 사람이나 삶에서 일어나는 모든 사건은 당신이 그곳을 이끌었기 때문에 그곳에 있는 것이다. 그것을 어떻게 할 것인가는 전적으로 당신에게 달려 있다."

또한 나폴레온 힐은 다음과 같이 말했다.

"배 한 척은 동쪽으로 항해하고, 다른 배는 서쪽으로 항해하고 있지만 똑같은 바람을 맞으며 추진력을 얻고 있다. 따라서 배를 몰고 어느 쪽으로 가야 할지 정하는 것은 돛을 어떻게 세우느냐지, 결코 바람의 방향 때문은 아니다."

삶에서 일어나는 모든 책임은 그것이 인간관계이든 자신에게 일어나는 어떤 사건이든 모두 자신에게 달려 있다. 그러니까 인과응보를 떠올리면 된다. 사필귀정일 수도 있다. 세상에 남의 탓은 없다. 모두 자기가 하기 나름이며 책임이다.

밭을 가는 농부가 가래를 망가뜨려 밭을 더 이상 갈 수 없게 되었다면 그것은 오로지 농부의 잘못인 것처럼 사람의 인생도 제대로 살아가지 못해 인생을 망가뜨렸다면 그것은 전적으로 자신의 책임이지 남의 책임이 아니다.

터키 속담에 '바닥에서 잠을 자는 사람은 침대에서 떨어질 일이 없다.' 라는 말이 있다. 위험함을 미리 방지하면 위험을 당할 확률을 줄이게 된다. 침대에서 떨어질 것을 염려하면 바닥에서 자면 된다. 바로 이런 간단한 이치가 책임을 성립시키는 일들은 아주 견고하고 확실하다.

일상의 톱니바퀴에 낀 먼지는 얼른 닦아내야 한다. 그것을 그대로 방치하면 미세한 먼지로 인해 톱니바퀴는 조금씩 마모되어 올바른 회전을 할 수 없게 된다.

사람의 하는 일이 모두 완전무결하게 이루어질 수 없다. 이것이 세상의 원칙이다. 어떠한 잘못 속에도 진실은 남아 있고 아무리 잘한 일에도 잘못한 일이 들어 있다. 책임질 수 없는 행동을 자신도 모르게 할 수 있다. 중요한 것은 그런 뒤에 그 책임을 책임질 행동이다.

모든 것은 내 책임이란 생각으로 접근하여 그것을 인정하고 깨끗하게 마무리하는 태도야말로 다시는 책임질 수 없는 행동을 되풀이하지 않는 방법이다.

인간은 이성의 동물이다. 이성이 존재하기에 우리는 우리의 행동을 이성으로서 조절할 수 있다. 똑같은 물을 담는 그릇임에도 바다는 강을 닮지 않았고 강은 호수와 닮지 않았으며 또한 호수는 함지박과 닮지 않았고 함지박은 바가지를 닮지 않았다. 그러나 그 안에 포함된 물의 성질은 다르지 않다. 사람도 이와 마찬가지로 서로 닮지는 않았지만 자신을 차지하고 있는 올바른 이성은 한 가지다.

어떠한 경우라도 올바른 이성과 동행하면 된다. 깊은 강의 물은 돌을 던져도 살짝 파문을 일으킬 뿐 흔들리는 법이 없잖은가. 우리들이 기대하는 것은 그런 것이다. 우리들이 간직하고 싶은 것이 그런 삶의 질이며 설득인 것이다.

모든 것은 내 책임으로써 내가 짊어져야 할 위대한 가치이다. 어떤 행위이든 이성에 의해 채워지는 결과는 나를 품은 절대적 가치다. 이것은 조직사회에서도 개인의 생활에서도 마찬가지로 포함된 명제이다.

이 명제에 자신을 연관 짓는 사람은 훌륭한 사람이다. 공과를 따지지 않고 한결같은 마음으로 자신의 행위에 책임을 지는 사람은 분명 상위개념이다.

기회는 찾는 것이 아니라 만드는 것이다

기회는 스스로 만들어 나가는 것이지 절로 찾아오는 것이 아니다.

현명한 사람은 기회를 찾는 것이 아니라 기회를 만든다. 하지만 대다수의 사람들은 기회를 찾으려고만 하지 기회를 만들려고 하지 않는다.

월터 P. 크라이슬러는 다음과 같이 말했다.

"어떤 이들은 자신의 기회를 만들어 가며 산다. 어떤 이들은 가장 큰 기회가 있는 곳을 찾아간다. 또 어떤 이들은 기회에 맞닥뜨렸을 때 그것이 기회라는 사실조차도 깨닫지 못한다."

헬렌 켈레는 "기회의 문 하나가 닫힐 때면 또 다른 문이 열린다. 그런데 우리는 닫힌 문만 오래토록 쳐다보다 우리를 위해 열린 다른 문을 보지 못하곤 한다."고 말했다.

대다수의 사람은 기회를 잃었을 때 그것을 안타깝게 생각하며 또 다시 찾아온 기회를 놓치는 경우가 많다.

당나라의 시인 백거이白居易는 출중한 재주와 학식을 가졌음에도 남들에게 알려지지 않았고 한낱 서생으로 머물다 자신을 나타낼 기회를 스스로 만들기 위해 장안으로 갔다. 거기서 명망 높은 고황顧況을 찾아간 그는 자신의 시를 내밀며 평가를 바랐다. 그러나 그는 시를 평가하기보다 백거이란 이름을 듣고는 조롱하듯 말했다.

"백거이라, 장안의 쌀이 비싸니 살기가 어렵겠구나.長安米貴, 居大不易"

자기의 이름을 빗대 그가 비웃자 백거이는 괘념하지 않고 자신의 시 '부득고원초송별賦得高原草送別'을 내밀었다.

길게 뻗은 저 들녘의 풀은,
한 해에 한 번씩
시들었다가 무성해지네.

들판의 불길에도 다 타지 아니하고,
봄바람 불면 또 돋아나네.
먼 향기 옛 길에 스며들고,
맑은 푸름 거친 성터에 접해 있네.

또 그대가 떠나감을 전송하니,
그 쓸쓸함 이별의 정에 가득하네.

백거이의 이런 시를 읽고 난 고황은 무릎을 탁 치며 말했다.

"이런 재주가 있으니 살기가 어렵지 않겠구나."

고황의 극찬을 받은 백거이는 그의 천거에 힘입어 이후 장안에서 큰 명성을 떨치며 중당中唐을 대표하는 당대 최고의 시인이 될 수 있었다. 기회는 이처럼 스스로 만들어 나가는 것이지 절로 찾아오는 것이 아니다.

변화한다는 것은

불멸하는 존재는 없다. 사라지지 않는 존재가 존재한다는 것 자체가 환상이다. 그 환상을 버려라.

변화는 생명이다. 변화를 거슬러선 안 된다. 변화는 곧 진보이며 새로운 방향의 제시이다.

제임스 앨런은 다음과 같이 말한다.

"물이 수증기로 변하면 좀 더 한정되고 넓게 미치는 새 힘이 되듯 격정도 지적인 도덕적 힘으로 변화하면 고귀하고 확고한 목적을 이루기 위한 새 삶, 새 힘이 된다. 정신적인 힘들은 분자처럼 대극對極이 있어서 음극이 있는 곳에 양극도 있다. 무지가 있는 곳에 지혜도 가능하며, 격정이 많은 곳에 평화가 기다리며 많은 고통이 있는 곳에는 많은 행복이 가까이 있다. 슬픔은 기쁨의 부정이며, 죄는 순수의 반대이고 악은 선의 부정이다. 대극의 한쪽이 있는 곳에는 나머지 반대쪽도 있다. 진리를 거스르는 악은 선을 부정하는 가운데 선의 존재를 증명한다. 그러므로 필요한 단 한 가지 일은 부정적인 것에서 긍정적인 것으로 마음을 돌리는 것, 그러니까 불순한 욕망에서 순수한 열망으로 마음을 돌리고 격정의 힘을 도덕적 힘으로 변화시키는 것이다."

대극이 있음으로 해서 견제가 마련되고 변화하는 과정이 마련된다. 변하지 않는 것은 불멸이다. 그러나 불멸하는 존재는 없다. 사라지지 않는 존재가 존재한다는 것 자체가 환상이다. 그 환상을 버려라.

피부 조직이 매 순간마다 탈바꿈하는 것처럼 삶과 죽음은 아주 밀접한 관계가 있고 그 박리의 과정은 나무가 계절이 변하면서 나뭇잎들을 떨어뜨리는 것과 같다. 나무는 살려는 본능으로 해를 향해 자란다. 꽃은 언제 씨앗을 떨어뜨려 자라게 해야 하는지 알고 있다. 이러한 변화는 자연의 이치이며 순환이다. 삶을 항상 새롭게 단장하고 스스로를 갱신시키는 것 또한 변화다. 자연적인 변화와 함께 의도적인 변화는 궤를 같이한다.

자기 심리학에 따르면 인간의 외적 행동은 내면을 변화시킴으로써 나타난다고 한다. 사물은 고정된 것이 아니라 변화하고 있다. 화가는 빨강, 파랑, 노랑 세 가지의 색깔을 통해 색깔의 수많은 색을 발견했고 음악가들은 단 칠 음계를 가지고 많은 곡을 만들었다. 창조적 변화는 이렇듯 새로운 것을 발견하고 만들어내는 힘을 지니고 있다.

끊임없이 변화하면서 사는 것이 생존방법의 하나일지 모른다는 생각이 든다. 이 지구상에 어제의 모습 그대로 사는 생물은 없는 것을 보면 그런 생각이 든다. 그러한 것을 진화라 생각하기보다 생존을 위해 끊임없이 발전시키는 과정에서 창조된 자연스러운 변화라 생각하고 싶다. 이 변화는 내면의 변화와 함께 인간이 살아가는 동안에 아주 다변화될 것이다. 기후가 변하면 변하는 대로 자연의 생성과정이 바뀌면 바뀌는 대로.

변화는 흐름이다. 아주 자연스러운 태도를 지니고서 그 흐름을 이어간다. 인간은 변화에 의해 조종되고 습득한다. 아니 계발한다고 하는 것

이 더 정확한 진단일지 모른다.

변화하라. 그리고 자신을 변모하라. 정체된 삶은 변화를 가져오지 못한다.

탈피하듯 자신의 모습을 변모시키고 끊임없이 새로운 자신을 드러내라. 생각을 확장하여 자아의 모습을 찾고 언제나 새로운 것을 향하여 앞으로 나아가라.

나뭇잎이 염록색을 잃고 떨어져도 봄이 오면 여지없이 그 자리에 새나뭇잎이 소생되어 나타나는 것처럼, 구각을 탈피하고 늘 새로운 변화를 추구하면서 살아가라. 변화는 생명이다.

오늘의 시작이 미래를 결정한다

태양을 단지 그림자를 만드는 것으로만 생각하는 사람이 되지 마라. 태양은 지구를 밝게 하기 위해 존재한다.

과거의 실수로부터 반성할 일이 아니라면 과거를 끄집어낼 필요가 없다. 현재와 미래를 위한 교훈이 될 수 있는 일이라면 몰라도 그렇지 않다면 과거는 빨리 잊어버리는 것이 좋다. 과거에 빠져들면 그만큼 미래를 내다볼 수 있는 시간이 줄어들 수밖에 없다.

공자는 '일이 잘못되어도 금방 잊을 수만 있다면 별것 아니다' 라고 했다. 뼈아픈 실수로 과거가 얼룩졌어도 현재와 미래가 낙관적이라면 과거는 더 이상 짐이 되지 않는다는 사실을 잊지 마라. 중요한 것은 현재와 미래지 과거는 아니다. 과거도 없지만 미래도 없다. 내일이 있을 것이라 믿는가? 없다. 내일은 영원히 내일로서 존재한다. 그렇다면 현재는 무엇인가? 현재는 과거와 미래가 융합하는 한 점일 뿐이다. 인간의 모든 것은 바로 이 지점에서 존재한다.

오늘의 시작이 미래를 결정한다. 과거는 훌훌 털어버리고 내가 생각하고 있는 오늘의 내 행동이 정의롭고 희망차다는 것에 집중하라. 그것은 심오한 개념이 아니라 정직한 삶의 방향 제시라는 것을 알라. 운명이

나를 위해 무엇을 해주는지 그것을 아는 사람은 없다. 즐거움에 휩싸인 일 년보다 고난을 겪은 한 달 동안에 더 많은 것을 배울 수 있다. 그것이 삶이다.

인간이란 어떤 교육을 받았던 불완전한 존재이다. 그러기에 우리는 실수로부터 배워야 한다. 실수로부터 배우지 못하면 그 무엇으로도 배울 수 없다. 실수를 두려워하거나 실패를 두려워해선 아무것도 이룰 수 없다.

앤 설리반은 이렇게 말했다.

"시작하고 실패하는 것을 계속하라. 실패할 때마다 무엇인가 성취할 것이다. 네가 원하는 것은 성취하지 못할지라도 무엇인가 가치 있는 것을 얻게 되리라. 시작하는 것과 실패하는 것을 계속하라."

오늘 시작하라. 그리곤 결론에 대항하라. 모든 것을 긍정하고 두려움을 생각하지 마라. 태양을 단지 그림자를 만드는 것으로만 생각하는 사람이 되지 마라. 태양은 지구를 밝게 하기 위해 존재한다. 나의 시작도 성공하기 위해 존재하는 것이지 실패하기 위해 존재하는 것은 아니다. 즐거운 마음으로 자신의 일에 다가서라. 성공할 수 있다는 믿음 앞에 당당히 서라.

막심 고리끼는 소설 『밤주막』에서 다음과 같이 말하였다.

"일이 즐거우면 인생은 낙원이다. 그러나 일이 의무라면 인생은 지옥일 수밖에 없다."

일을 즐겁게 생각하라. 일에 대한 열정은 외부에서 오는 자극으로부터 생겨난다. 남들이 열심히 즐겁게 일하는 모습을 발견하라. 아니면 상상이라도 괜찮다. 사람들이 열심히 일하는 것은 보다 나은 삶을 이루기 위해서다. 실현 가능한 목표를 정하고 그 일을 위해 혼신의 힘을 다해라.

세상에 안 되는 일은 없다. 노력해서 되지 않는 일은 노력이 부족해서이지 결코 능력이나 운이 없어서가 아니다.

오늘의 시작이 미래를 결정한다. 과거를 밀어내고 맞이한 오늘의 삶이 결국 미래를 약속하고 그 미래가 또다시 미래로 연결되어 그대의 삶을 풍요롭게 할 것이다. 믿는 것은 오늘, 내가 무엇을 어떻게 하는가인 것이다.

인생이 바뀔 수도 있는 시간

우리는 시간이 흐른다고 말하고 있지만 그것은 옳지 않다. 앞으로 나아가는
것은 우리들 자신이지 시간이 아니기 때문이다.

헤브라이의 기도서인 《마흐조어》에 보면 다음과 같은 구절이 나온다.
"내일에 대한 기약도 없고 한 번에 하루밖에는 허락되지 않는 세상에
서 우리는 종종 너무 오래 기다리느라 오늘 해야 할 일을 하지 못한다."

시간은 과거와 현재 그리고 미래로 연결되어서 흘러간다. 이는 물질
계에 있는 모든 것은 시작과 중간, 끝을 갖고 있으며 일시적으로 존재한
다는 것을 가리킨다.

하루의 시간을 헛되게 보내면 그것은 결코 적은 시간이 아니다. 인생
이 바뀔 수도 있는 소중한 시간이다. 하찮은 일로 하루하루를 보내는 사
람들이 있는데 그들은 무엇이 중요하고 무엇이 중요하지 않은가를 구분
하지 못한다.

몽유병환자처럼 대부분의 시간을 흘려보내고 사는 사람의 미래는 없
다. 그렇다고 스스로를 시간표로 구속하지 마라. 구속됨은 어느 것이라
도 좋지 않다. 시간의 중요성을 깨달아도 자연적으로 다가서는 시간이
아니라 시간을 구속시켜 거기에 따른 행위로의 전환은 결코 바람직스러

운 시간 활용법이 아니다.

스스로에게 물어보자. 내가 원하는 것은 무엇이고 내게 필요한 것은 무엇인가? 시간과의 약속을 통한 모든 진행이 그것과 연결된 것이라면 거기에 대한 대답이 결국 해답이 될 것이다. 우리는 시간이 흐른다고 말하고 있지만 그것은 옳지 않다. 앞으로 나아가는 것은 우리들 자신이지 시간이 아니기 때문이다.

우리는 지구라는 행성에서 삶의 3분의 1을 잠으로 보내고 나머지를 일과 함께 능동적인 삶으로서 채워간다. 그 많은 시간을 잠으로 보낸다는 것은 인생이란 전체의 시간에서 차지하는 비율이 너무 크다. 물론 그 3분의 1에 해당하는 시간이 나머지 시간을 위한 휴식의 시간일 수도 있고 매우 필요한 시간의 배분이 될 수 있다. 그러나 그 시간은 많다. 단 한 시간만이라도 잠을 줄이고 그 시간을 내 인생을 가꾸는 데 활용한다면 얼마나 유용한 시간이 될까.

시간 앞에서 우리는 너무나 약한 존재다. 한 번 흘러가면 그만인 시간을 앞으로 얼마든지 남아 있는 것처럼 생각하고 산다. 물론 나이에 따라 조금 다르긴 하겠지만 현재까지 보낸 시간보다 남아 있는 시간이 훨씬 많은 것은 여러분의 세대에서는 충분히 느껴질 수 있는 나이이다. 이를 부정하진 않는다. 하지만 앞으로의 시간이 결코 길지 않다는 것을 느꼈을 때가 머지않아 온다. 점차 시간이 아깝다는 생각과 그 시간을 잡아두려는 허둥대는 마음이 내 의식 전반에 걸쳐 안개가 드리워지듯 그러한 느낌 앞에서 배회하게 된다.

시간을 아껴두라. 시간은 소모품이다. 한 번 보내고 나면 다시는 내 것이 되지 않고 사라져 없어지는 소모품이다. 무한정 쓸 수 있고 그대로 남아 있는 것이 시간이라고 단정하지 마라. 시간을 어떻게 잘 이용하느냐에 따라 인생의 질이 달라진다. 값진 인생을 보내기 위해 시간을 잘 이용하는 사람은 어떤 이유로든 시간에 대해 이유를 부여한다. 허망하게 뜻 없는 시간의 무의미를 용납하지 않는다. 그 차이가 모든 결과를 만들어 낸다.

얼마나 시간을 소중하게 다루었는지는 결과를 보면 알 수 있다. 그 결과는 성공과 정비례한다.

무질서가 혼돈을 의미하는 게 아니다

우리는 자신의 시각에 대해 믿음을 가지고 있다. 그래서 그런 광경을 보면서 때론 무질서로 단언하기도 하고 아니면 무질서 속의 혼란에서 질서의 규율로 정의를 내리기도 한다.

이상을 추구하며 사는 사람들은 대개 고정된 틀, 명확한 체계 그리고 정확한 계획을 좋아하지 않는다. 그냥 사물을 직관적으로 대하고 모든 프로젝트를 하나의 항목, 하나의 틀로 잡아 버리고는 어수선한 채 방치한다. 일반적인 사람들의 시선에는 그것들이 어지럽고 정리되지 않은 것처럼 보이지만 그러나 그들에게는 그것들이 한 폭의 정물화가 되어 그들을 만족시킨다. 좋게 평가하면 창조적인 혼란이다.

학문적인 관점에서 카오스 연구가들은 무질서가 바로 머릿속의 혼돈을 의미하는 것이 아니라 오히려 그 반대일 수 있다는 주장을 편다. 말끔하게 정리된 것만이 어떤 일을 말끔하게 처리했다는 증거가 될 수 없다는 논리이다. 그들의 논리가 일견 타당할 수 있다. 아니 그들의 관점에선 그 주장이 반박의 주장보다 훨씬 믿음의 작용이 될 수 있다.

중국을 여행하는 도중 호텔에서 창밖으로 거리의 풍경을 보고 일대 파노라마처럼 펼쳐진 정경에 놀랐다. 차량과 인파, 자전거와 오토바이의

행렬이 뒤엉켜 일대 아수라장처럼 보였다. 무질서가 난무했다. 중국인들의 수준이 저런 것인가 하며 혀를 찼다. 하지만 여러 번 그런 광경을 목격하면서 나는 생각을 달리하기 시작했다. 그런 무질서한 광경을 수없이 봤어도 그들은 물 흐르듯 사고 하나 없이 잘도 헤쳐 나가는 것이었다. 비록 엉키기는 하였으나 사람들의 어깨는 부딪치지 않았고 차량들 역시 그러했다.

무질서 속의 질서, 내가 내린 판단은 바로 그것이었다. 무질서 가운데 그들의 질서는 이루어지고 있었다. 창조적인 질서, 창조적인 혼란이라고 단정할 순 없었지만 나는 그 광경 속에서 혼재된 질서와 무질서의 성립을 보고 있었다. 대립의 가치가 아니라 그들은 공유의 가치로서 존재하고 있었다.

우리는 자신의 시각에 대해 믿음을 가지고 있다. 그래서 그런 광경을 보면서 때론 무질서로 단언하기도 하고 아니면 무질서 속의 혼란에서 질서의 규율로 정의를 내리기도 한다. 나는 그렇다고 이것을 사람마다 나타낼 수 있는 왜곡된 시각으로 보진 않는다. 망원경으로 바라볼 때는 아름다웠던 정경이 가까이 다가서 보니 황량한 들판으로 보였다. 이것은 시각이 왜곡되어서 나타난 현상이 분명하다. 우리는 이런 왜곡된 시각의 경험을 가끔 하기도 한다. 그러나 카오스 연구가들의 주장이나 나의 주장이 일견 타당성 있다고 정리하는 것도 일견 옳다고 할 수 있지 않겠는가.

무질서가 혼돈을 의미하는 것은 아니다. 말끔하게 정리된 것으로서 말끔하게 정리되었다고 할 수 없는 것은 물론 사람에 따라 판단이 다르겠지만 논리의 존중은 필요할 것이라는 생각이다.

어수선한 정신의 각도가 필요할 때가 있다. 모든 것이 상황에 따른 것임이 분명하다. 모든 진리가 그렇진 않아도 이것 역시 개인에게 주어진 진리가 아니겠는가. 어수선한 정신이나 흐트러진 사물의 어지럽힘이나 자신의 시각에서 정리되면 그만이다. 설령 왜곡된 시각에 각도가 잡힌다 한들 그것을 잘못이라고 단정할 수는 없다는 이야기이다.

사람의 삶은 정연한 체계가 갖추어져 있는 것이 분명하다. 가구를 배치하듯 말이다. 그러나 보편적인 체계가 그렇지 않은 체계를 무시하거나 할 순 없다. 우리는 우리 생각대로 자신의 질서를 만들고서 살아갈 뿐이다.

스스로 판단해 결정하라

자신이 내린 결정은 존중해야 한다. 판단의 기초가 바로 자기 결정의 존중이다. 결정의 순간에는 자신의 결정에 대해 두려워해선 안 된다.

인생에서 결정을 내려야 할 중요한 문제가 생기면 스스로 판단하여 결정할 수밖에 없다. 상황에 따라 타인의 의견을 받아들여야 할 경우는 생기지만 거의 모든 결정은 스스로 할 수밖에 없다. 이럴 경우 자신의 판단을 직관에 의지하는 것도 나쁘진 않다. 지식이 많고 학력이 높다고 해서 그들이 내린 판단이 절대적일 수 없다. 아니 오히려 그들의 판단이 더 많은 오류를 지닐 수 있다. 왜냐하면 그들의 판단은 이론에 의지하는 경우가 많기 때문이다.

일방적인 견해로 판단을 내리는 것은 자유지만 그 판단과 달리 다른 판단도 있을 수 있다는 것을 깨닫는 것, 똑같은 판단도 어떤 사람에게는 선으로, 어떤 사람에게는 악으로 나타날 수도 있다는 것을 명심하는 것이 좋다.

내가 해야 할 일이 무엇인가는 누군가 말해주고 가르쳐 주는 것이 아니다. 나 스스로 결정해야 하는 일이다. 그러나 자신의 결정이 허망해지는 경우가 있다. 그렇더라도 자신이 내린 결정은 존중해야 한다. 판단의 기초가 바로 자기 결정의 존중이다. 결정의 순간에는 자신의 결정에 대해 두려워해선 안 된다. 그것은 천둥소리를 듣고 두려움을 느끼는 것과 같다. 천둥소리는 커도 그 소리에 생명을 잃을 요소는 이미 사라졌다. 천둥소리는 이미 전기가 방전된 뒤에 나오는 것으로 생명을 빼앗을 수 없다. 그럼에도 우리는 그 소리에 놀라며 몸을 움츠린다.

그런 것과 같은 두려움을 버려라. 그리곤 자신감으로 자기 결정을 흠모하라. 자신감보다 강한 힘은 없다. 자신감은 뛰어난 재능보다 더 큰 힘을 발휘한다.

"피할 수 없는 일이라면 기꺼이 받아들이라."

이 말은 예수께서 탄생하기 400여 년 전부터 전해져 내려왔던 말이다. 그런데 이 말이 지금까지도 많은 사람들에게 하나의 교훈의 말로 전해지고 있고 또 많은 세기가 지나도 이 말은 여전히 많은 사람들에게 교훈으로 남는 말이 될 것이다.

어떠한 결정 앞에서 가장 망설이게 되는 것은 부득이 피해 가지 못할 일과 만나게 되는 것이다. 결정에 필요한 일에는 이런 일들과 부닥치게 되는 경우가 많다. 하지만 어쩔 수 없는 일이라면 그것을 기꺼이 받아들이고서 돌파해 가는 의지가 필요하다. 이런 의지는 성공하기 위해 필요한 덕목 중의 하나다.

내가 가장 좋아하는 말 가운데 하나인 발타자르 그라시안의 말을 다시 떠올려본다.

"겁쟁이는 길가에 서서 망설이나 용기 있는 사람은 길 한가운데서 용기 있는 결단을 내린다. 진정으로 용기 있는 사람은 무엇을 할 것인가 망설이는 것이 아니라 비록 어떤 계획이 완전하지 않더라도 주저 없이 결정하고 행동한다. 역사를 되짚어 보더라도 어떤 결정 앞에서 두려움에 떨었던 사람들은 그 시대 속에서 이름 없이 사라지고 말았다. 인생은 결정을 내려야 할 일들이 너무나 많다."

결정해야 할 일들은 오직 주관적인 판단에서 이루어지는 것이 대부분이다. 설령 그 결정이 올바르지 못했더라도 잘못으로 인정되어선 안 된다. 그것이 두려워 결정을 미루는 사람에게 성공을 기대하긴 어렵다.

결정하라, 판단하라. 그것은 지금 내가 해야 할 일의 방향등을 켜는 일이다. 어둠을 밀어내고 밝음을 찾는 일이다.

모른다는 사실을 인정해라

자신을 낮추면 세상의 두려움은 사라지고 오히려 능동적인 삶을 살게 된다.
자유를 느끼고 내가 왜 살아야 하는 이유에 대해 알게 된다.

우리가 모른다는 사실을 인정해라. 앞으로도 영원히 모를 수도 있다는 것을 인정해라. 모르는 것을 모른다고 당당히 말하는 것도 용기이다.

모른다고 부끄러워하지 마라. 모르는 것이 부끄러운 것이 아니라 모르면서도 아는 척을 하는 것이 부끄러운 일이다. 살아가면서 알아야 할 모든 것과 우리가 알고 있는 지식의 함량을 대조해 보면 우리는 모르는 것이 훨씬 많다.

나는 아는 것이 많다고 스스로 감탄하는 순간 그는 훌륭한 인간으로서의 성질을 잃어버린다. 처음에 우리는 그 사람이 어떠한 사람인지 모른다. 그저 똑같은 인간으로 보인다. 하지만 시간이 지나면서 그 사람의 행동을 발견하게 되고 거기서 그 사람이 어떠한 사람인가를 알게 된다.

유난히 자신을 드러내고 싶은 사람, 무조건 많이 알고 있는 듯이 세상의 이치를 다 깨닫고 있는 사람처럼 행동하는 사람에게서 인간의 향기를 맡을 수 없다. 그러나 자신의 존재를 숨기고 겸손하게 행동하는 사람에게서는 고결한 인품이 느껴지게 된다.

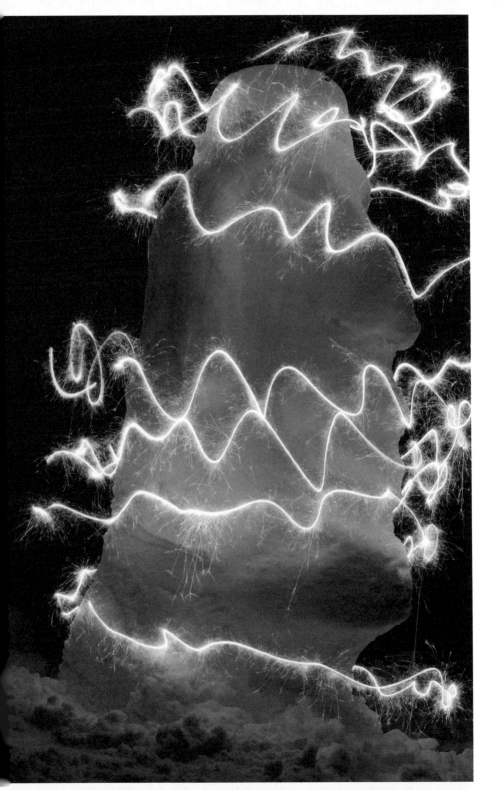

머리만 감추고 몸뚱이는 감출 생각을 못하는 타조적인 습성이 어쩌면 인간이 오늘날의 세상에서 취해야 할 가장 분별 있는 태도라고 착각되어 있는지 모른다. 나의 존재가 늘 그러하기만 하다면 우리는 벌거벗고 있으면서 눈을 가리고 자신의 치부가 보이지 않는 것처럼 생각하는 것과 무엇이 다를 것인가. 불씨가 아직 남아 있는 잿더미는 깜깜한 밤에 내가 있음을 알려준다. 나뭇가지를 넣어 불씨에 불을 살리면 남들이 찾아와 따뜻한 온기로 추웠던 자신의 몸을 녹인다. 나의 존재가 그들에게 향유되는 순간이다.

우리는 그러한 존재가 되기 위해서 자신의 몸을 낮추고 겸손한 자세로 살아가야 한다. 스스로에게 인정받는 길은 정직하게 자신의 있는 모습을 민낯으로 드러내고 그것을 자신 있어 하는 떳떳한 행동이다.

산다는 것은 부족한 것을 채워야 하는 것이기도 하지만 더 나은 인생으로 발전해 가는 것이라는 걸 명심하는 것, 생각과 인식의 눈높이를 낮추면서 내면에서의 활발한 움직임을 보여야 하는 것은 '내가 지금 부족하기에 나는 항상 그것을 극복하려 한다'는 동력이다. 그 동력이 채워졌을 때 우리는 진정 강한 사람이 되며 내 자신이 어느새 남들보다 나은 위치에 있다는 것을 깨닫게 된다.

마리안 윌리엄슨은 말한다.

"우리가 가장 두려워하는 것은 자신이 무능하다는 것이 아니라 우리 자신이 측정할 수 없을 정도로 강하다는 것이다. 우리는 우리 안에 있는 어둠이 아니라 자신 안의 빛을 가장 두려워하고 있다. 소심하게 행동해서는 이 세상에서 제대로 활개 칠 수 없다. 세상을 위해 아무것도 할 수 없는 존재라는 불안감에 움츠려 있다면 빛을 발할 수 없게 된다. 우리 스스로 빛을 발함으로써 다른 사람들에게 그들의 빛을 발할 수 있도록 하며 우리 스스로 두려움에서 벗어남으로써 다른 사람들 역시 두려움으로부터 자유롭게 된다."

자신을 낮추면 세상의 두려움은 사라지고 오히려 능동적인 삶을 살게 된다. 자유를 느끼고 내가 왜 살아야 하는 이유에 대해 알게 된다. 모른다는 사실을 인정해라. 남들보다 우월하다는 못된 심사를 버려라. 삶의 근원에 대해 머리 숙여라.

모른다는 것을 인정하는 것은 결코 낮은 수준임을 말하는 것이 아니다. 오히려 자신의 존재를 존중케 하는 일이며 인격의 고양을 내보이는 일이다.

정말 그때가 행복했다

행복하게 살겠다는 그 의도를 말해보라. 그 지향점이 무엇인가?

포웰 벅스턴은 이렇게 갈파했다.

"나이를 먹을수록 나는 강한 사람과 약한 사람, 그리고 위대한 사람과 평범한 사람의 차이가 열정과 불굴의 의지가 있느냐 없느냐로 갈린다고 점점 확신하게 되었다. 목표를 향해 죽기 살기로 끝까지 매진하라. 그러면 세상에서 이루지 못할 일이 없다. 아무리 재능이 많고 환경이 좋고 기회가 있다고 해도 열정과 의지가 없으면 제대로 성공하기 어렵다."

목표의 지향점에 열정을 추가하지 않으면 그 목표는 이루어지지 않는다. 열정은 그 일을 사랑하는 것이고 거기에 노력이 증가된다. 절로 부지런함도 포함된다.

열정이 부족한 사람은 게으른 사람이다. 이런 사람들이 성공을 기대한다는 것은 꿈과 같은 이야기이다. 평생을 개미처럼 일해도 성공하기 어려운데 게으른 사람이 성공을 기대한다는 것은 어리석은 사람의 이루지 못할 기대치일 뿐이다.

프랑스의 대문호인 에밀 졸라는 문학수업을 하면서 겪었던 일을 이렇게 말했다.

"나는 동전 한 닢이 없을 때가 대부분이었다. 어디 가서 돈을 구할 데도 없었다. 나는 보통 새벽 네 시경에 일어나 계란 하나를 먹고 글을 쓰기 시작했다. 하지만 그때가 내겐 가장 행복한 시절이었다. 오후엔 강변을 산책하고 집에 들어와 사과 세 개로 저녁을 때웠다. 그리곤 다시 밤늦도록 글쓰기에 힘을 쏟았다. 겨울에는 장작 살 돈이 없어 추위에 떨었다. 아주 추운 날에나 견딜 수 없을 때 조금 불을 지폈다. 그래도 내게는 담배와 장작에 불을 지필 초가 있었다. 초 한 자루, 나는 그것 하나만 있으면 밤새도록 문학의 밤을 밝힐 수 있었다. 정말 그때가 행복했다."

행복하게 살겠다는 그 의도를 말해보라. 그 지향점이 무엇인가? 목표를 세우고 그 목표에 모든 열정을 바쳐 노력하는 사람의 태도야말로 행복하다는 것 말고는 없다. 그 행복의 가치가 모든 것을 이루게 한다.

행복은 필요하거나 원할 때 얻을 수 있고 저장할 수 있고 사용할 수 있는 물질세계의 그 어떤 것이 아니다. 때론 물질세계에 모든 목표가 정해져 거기에서 찾으려는 행복도 중요하지만 더 중요하게 요구되는 것은 정신세계에서 나타나는 지향점이다.

사람은 본능적으로 밝은 것에 대한, 깨끗함에 대한 동경이 있으면서 행복에 대한 성공에 대한 동경도 아울러 지니고 있다. 그것이 지향점일 수 있으며 많은 것을 바라고 있다. 물론 그 많은 것을 한 가지로 굳이 귀결시키고자 한다면 행복이란 말로 정의할 수 있는 것이지만 아무튼 우리는 결국 행복하고자 한다. 행복을 느끼고자 한다.

아무리 불행을 겪고 있는 사람도 한 번쯤 행복했었던 순간이 있었다. 바로 그 순간, 그 행복의 결정적 인자에 대한 충실하지 못함 때문에 그 행

복을 잃어버렸다. 그것을 다시 찾고자 했을 때 그 행복은 영원히 오지 못할 먼 곳으로 떠나버렸다. 행복에 헌신하지 않은 이유로 말미암아 잃어버렸다. 그 이유에 대해 말하자면 비록 행복은 맞이했지만 애초부터 결여되었던 부분이 해결되지 않았기 때문이라고 나는 생각한다.

행복의 조건에 미결의 단점이 살아 있으면 그 생명은 오래가지 않는 법이다.

세상에서 가장 어려운 교훈

지금 내 처지가 가장 힘든 상황에 놓여 있다면 나는 지금 성공에 단 한 발짝의
거리만 남겨 놓고 있다고 생각해라.

인생의 목표를 세울 때는 크게 세우는 것이 좋다. 작은 목표보단 달성
하는 게 힘들고 시간이 더 걸릴지 모르지만 그만큼 이루고자 하는 목표
는 더 크다. 커다란 목표를 가진 사람은 눈앞에 보이는 현상에만 매달리
지 않고 아주 멀리 내다보는 안목을 지닌다.

미겔 데 세르반테스는 "스스로를 아는 것을 목표로 삼으라. 그것이 세
상에서 가장 어려운 교훈이다"라고 했다. 이 말은 목표의 지향점이 맹목
적이거나 자신이 추구하는 것이 스스로 해낼 수 있는 것인가 하는 것을
측정해야 한다는 말이다. 목표를 위한 목표라기보다 목표의 달성을 위한
목표여야 한다.

인간의 행동에는 목적이 있게 마련이다. 목표를 세우고 그것을 이루
어가는 경험이 쌓이게 되면 목표는 어느새 달성되고 만다. 하루 일과의
마침표를 어떻게 찍느냐 하는 것은 그날 아침부터 시작한 하루 종일의
행위에 따른다. 목표를 향한 과정은 그래서 시작부터 중요하다.

우리는 좀비처럼 살아갈 수 없다. 선택의 의지도 없고 목표의식도 없

는 그런 좀비와 같은 삶을 살 수 없다. 인간으로서의 지위는 그런 삶이 아니다. 인간의 가치는 분명한 목표가 설정된 뒤에 만들어 가는 것이다. 이러한 것을 잘 알면서도 이러한 간단한 교훈이 실행에 옮겨지지 않는 것은 무엇 때문일까. 그래서 세상을 살아가는 것이 어려운 것인지도 모른다. 그러나 아무리 어려워도 해야 할 것은 해야 한다. 인간에게 주어진 무한한 가능성에의 도전은 무조건 수행해야 한다.

영화 '갈매기 조나단'을 보면 주인공 조나단 리빙스턴의 이런 독백이 나온다.

"어째서 갈매기는 매와 같은 속도로 날거나 공중회전 등의 곡예를 할 수 없는가?"

갈매기 무리에서 떨어진 갈매기 조나단은 어떻게 하면 빨리, 보다 높이 날 수 있는가에 끊임없이 도전한다. 조나단은 여러 번의 죽음의 위험에 직면하고 실패를 거듭하면서도 끝내 갈매기의 능력 한계를 극복하고 나는 것에 대한 고등의 비행을 하는 명수가 된다.

이 우화는 무한한 가능성에 도전하는 것에 대한 귀중한 가르침을 전하고 있다.

세상에 안 되는 일은 없다. 노력의 정도가 얼마만큼 소모되면서 목적에 이를 수 있는가만 다를 뿐이지 노력 끝에 모든 소망은 이루어지게 되어 있다. 지금 내 처지가 가장 힘든 상황에 놓여 있다면 나는 지금 성공에 단 한 발짝의 거리만 남겨 놓고 있다고 생각해라.

조금만 더 힘을 내라. 시련을 견디면서 마지막 남은 힘을 보태 앞을 향해라. 결국 내가 세운 목표는 정복될 것이고 내 삶의 이유도 간단히 정리될 것이다.

사람이 성공하지 못하는 것은 처음부터 끝까지 한길로 나아가지 않았기 때문이지 성공의 길이 험악해서가 아니다. 인내가 부족하고 해내고야 말겠다는 신념이 부족했던 것이지 능력이 없었던 것은 아니다. 갈매기 조나단의 능력으로만 보면 절대 불가능해 보였던 일도 결국 그 자신이 해냈다.

윈스턴 처칠의 좌우명은 '포기하지 마라. 절대로. 절대로 포기하지 말라' 였다. 단호한 결심이 필요한 때는 포기하고 싶다거나 모든 일을 없었던 것으로 치부해 버릴 때이다.

어떠한 경우라도 포기는 하지 마라. 포기하지만 않으면 설령 몇 번의 실패를 겪더라도 분명 그 실패를 딛고 성공할 수 있는 기회를 맞이하게 된다. 이것은 분명한 진리이다, 교훈이다.

제3부

내뱉은 말에는 지우개가
없다

내뱉은 말에는 지우개가 없다

말할 만한 가치가 있는가 없는가, 말할 필요가 있는가 없는가를 먼저 생각
하라.

자신의 생각을 분명하게 말로 표현하는 것과 마음속에만 새겨두고 있
는 것과는 차이가 있다. 자기의 생각을 분명하게 표현하면 그 순간 내면
의 잠재적인 에너지가 생기면서 표현한 것에 대한 확신을 보이게 되며
그것을 실현하려는 의지가 나타나게 된다. 그러나 마음속에 새겨만 둔
것은 그대로 사라지기 쉽다. 쓸데없는 것이 되어 버린다.

옛말에 '사람을 보면 세 마디만 하라.' 는 말이 있다. 이는 말을 많이
함으로써 자신의 마음을 전부 드러내지 말고 말을 아끼라는 뜻이다. 많
은 말을 하게 되면 자연 실수가 따르게 마련이고 그 실수로 말미암아 많
은 것을 잃게 되는 수가 왕왕 있다. 내뱉은 말에는 지우개가 없다는 격언
이 있다. 그러니 말 한 마디에도 신중해야 한다.

앙리 드 레니에는 '무슨 이야기를 하기 전에 생각할 여유가 있거든 그
것이 말할 만한 가치가 있는가 없는가, 말할 필요가 있는가 없는가를 먼
저 생각하라' 고 했다. 이 말은 대단히 중요한 말이다.

미리 생각하지 않고 말을 했을 때 저지르는 말의 실수는 의외로 상대

방이나 자신에게 큰 상처로 남겨질 수 있다. 말할 만한 가치가 있는가 없는가, 말할 필요가 있는가 없는가를 먼저 생각하라. 심리학에 있어서 실수는 단순한 우연이 아니라 반드시 그 원인이 있다고 한다.

말이란 생각의 옷과 다르지 않다. 생각에서 비롯한 말은 때론 남들에게 상처를 주기도 하고 기쁨을 주기도 하며 남을 죽일 수도 있고 살릴 수도 있다. 말은 생각보다 힘이 크다.

솔직한 말은 구도자의 말보다 더 큰 힘을 발휘한다. 진실은 어디에서나 통하는 법이듯이 솔직한 말은 상대를 흡입하는 강력한 힘이 있다. 그리고 모든 것을 지배한다. 아울러 솔직한 말에 그 말의 구사하는 방법도 매우 중요하다.

모든 문화에는 그 문화에 속하는 암묵적인 규칙이 있듯이 말에도 마찬가지로 분절이 있으며 억양을 통하여 높고 낮게, 그리고 강하고 약하게 강조할 부분에 악센트를 주면서 변화 있는 억양을 구사해야 한다. 그렇게 한다면 완벽한 말이 될 수 있다.

말은 커뮤니케이션의 모든 것이다. 그러기에 진심이 담겨야 하는 것은 물론이지만 품격도 있어야 한다. 품격이 떨어지는 말의 구사는 아무리 진정성 있는 말을 해도 올바로 인정받지 못한다. 그것은 대단한 흠결이 아닐 수 없다. 또한 자기 자신만의 말이어선 안 된다. 말의 근본은 의사를 전하는 것이지만 상대방에 대한 배려이기도 하고 관심이기도 하다. 그래서 지우개를 찾지 않는 말이 필요하다.

말은 교류다. 소통의 본류이며 사람의 마음을 움직이게 하는 원점이다. 상대방이 관심을 가지고 있는 일에 대해 관심을 보이며 이야기를 하면 상대는 자신이 존중받고 있다는 느낌을 받게 된다. 이것은 상대방을 이해하고 즐겁게 교류하는 하나의 방법이기도 한다. 사람의 마음을 움직이는 가장 결정적인 좋은 방법은 바로 상대의 관심사에 대해 화제를 모으는 것이다.

대화는 그 자체로 예술이나 마찬가지이다. 할 말이 누구보다 많다고 해서 대화의 기술이 뛰어난 사람이 아니다. 대화에는 항상 힘이 있어야 한다. 자신감이 있어야 하고 될 수 있다는 확신이 있어야 한다. 상대방이 자신의 말을 신뢰할 수 있도록 자신감을 나타냈을 때 비로소 대화의 힘이 작용하고 대화의 목적이 달성될 수 있다.

자신감이 없어 보이는 표현은 하지 않는 것이 좋다. 자신감이 없는 사람은 대화에서 '그럴 거야' '그럴 것 같아' 라는 말들을 사용하는데 이는 좋지 않다. 자신감을 나타내기 위해선 자신의 말을 똑바로 확고하게 말할 수 있어야 한다.

그러나 요점은, 내뱉은 말에는 지우개가 없기 때문에 항상 말에는 절제가 필요하고 해야 할 말인지 하지 말아야 할 것이지를 분별해서 조심해야 한다.

인생은 작고 사소한 일들로 이루어진다

그대가 누구든 그대가 어디로 가든 그대의 인생에서 어떠한 일이 벌어지든
그것은 그대의 운명이다.

사물을 대하는 것은 다면체를 보는 것과 같다. 어느 방향에서 바라보
느냐에 따라 달라지는데 작을 수도 있고 클 수도 있고 아니면 모양의 변
화를 느끼기도 한다.

작고 사소한 일이라고 해서 대충 넘어가려 하지 마라. 인생은 그런 작
고 사소한 일들로 이루어진다. 매 순간 일어나는 보이지 않는 작은 변화
들로 이루어진다. 그리고 확신하지 못하는 일일 때에는 말하거나 행동하
지 마라. 이것은 아주 중요한 원칙 가운데 하나이다.

대장간에서 대장장이가 달구어진 쇳덩어리를 두드리고 있다. 얼마 지
나지 않아 그가 만들려는 연장의 모습이 갖추어져 가는 것을 보고 이제
몇 번만 더 두드리면 완성될 것이라고 믿고 있다. 그런데 대장장이는 연
장의 연마가 완전하지 않다는 이유로 다시 연장을 불 속으로 밀어 넣는
다. 이 행동은 대장장이만의 확신에 의한 행동이다. 이런 주저 없는 행동
은 그가 그 일을 전문적으로 해내는 능력의 발현이면서 권위이다.

우리는 씨앗에서 싹을 틔우고 싹에서 꽃잎과 꽃을 피우고, 그 꽃에서

열매가 자라는 과정을 의심하지 않는다. 이런 일련의 과정은 인간이 태어나 자라고 살아가면서 이룩하는 모든 과정과 다르지 않다. 삶의 철학을 굳이 논하지 않아도 이런 변해질 수 없는 뜻에 따라 우리는 공존하고 있다. 그럼에도 우리는 거창한 담론을 끌어내고 원대한 포부를 실현해야만 모든 것을 완성시키는 것이란 잘못된 생각을 하고 있다.

인간의 세상은 조그만 것들이 구심체가 되어 만들어진 것이다. 그렇다면 작은 것들의 구성원이 큰 것보다 더 소중하게 인식될 수 있다. 적은 물이 모여 시내를 이루고 큰 강을 이루고 바다에 모이듯 세상의 모든 일들도 그러하지 않을까?

우리는 자신이 만들어가는 세상에서 살아가고 있다. 누가 나의 세상을 만들어 주는 것이 아니다. 우리는 나의 세상에서 삶을 창조하는 그런 존재이다. 그 창조가 나의 몫으로 남으면 된다. 순리를 찾아가는 삶의 태도가 그립다.

모든 사람은 자신이 바라는 어떤 방향으로든 자신을 발전시킬 수 있는 인력을 가지고 있다. 끌림에 해당하는 인력으로의 능력이 있으며 그 능력으로 원하는 것을 자신의 삶에서 얻게 된다. 정신의 힘으로 끌어온 것이다. 인생은 그러한 힘에 의해 조종되고 만들어진다.

내가 어디로 가든 그곳에는 내가 있다. 마찬가지로 나에게 어떤 일이 일어나든 거기에도 내가 있다. 그대가 누구든 그대가 어디로 가든 그대의 인생에서 어떠한 일이 벌어지든 그것은 그대의 운명이다. 힘든 일이 닥치거나 불행한 일을 겪더라도 자신을 잃지 마라. 자신에게로 돌아가 그것들을 이겨내라.

자기만의 한정된 시야로 세상을 보면 이 세상에서 배울 것은 하나도 없게 되지만 반대로 넓은 시야로 세상을 보면 이 세상에서 배울 것은 물론 할 일도 한정 없이 많게 된다. 아무리 시간을 쪼개 써도 그것들과 모두 만날 수 없다.

사람의 삶은 거창한 목록에서만 이루어지는 것이 아니다. 아주 자그마한 일들과 적은 시간을 조절하면서 살아가는 지극히 단순한 것이다. 그럼에도 우리는 너무 큰 것과 많은 것을 추구하면서 힘든 삶을 스스로 선택하여 살고 있다.

삶의 막바지에 다다라 뒤를 돌아보면 '사는 것' 별게 아니었다는 회한에 사로잡힌다. 너무 크고 많은 것에 대한 집착이 오히려 힘든 삶으로 나를 이끌고 왔다는 생각을 하게 한다. 그런 생각을 좀 더 축소시켜 살아왔다면 오히려 더 편한 인생을 살아올 수 있었을 것을, 우리는 그런 후회를 남기지 말아야 한다.

절대 달라지지 않아요

모든 일은 원인을 바꾸지 않는 한 달라지지 않는다. 근본적인 것이 무엇인가를 깨닫지 않는다면 영원히 미로에서 헤매듯 헤매게 될 것이 뻔하다.

숲속을 날던 까마귀가 우연히 비둘기 한 마리를 만나게 되었다. 지친 기색이 역력한 까마귀를 보고 비둘기가 물었다.

"몹시 지쳐 보이네요. 어디로 가는데요?"

까마귀는 숨을 몰아쉬며 말했다.

"사실 나는 내가 살던 곳에서 떠나고 싶지 않았는데 사람들이 내 울음소리를 싫어해 어쩔 수 없이 다른 곳을 찾아가는 겁니다."

그러자 비둘기는 친절한 말투로 조용히 말했다.

"까마귀님, 그건 쓸데없는 짓이에요. 당신 목소리를 바꾸지 않는다면 어딜 가도 마찬가지예요. 절대 달라지지 않아요."

"그럴까요?"

까마귀는 실망을 보이며 힘없이 되물었다.

"그럼요. 그건 틀림없습니다."

모든 일은 원인을 바꾸지 않는 한 달라지지 않는다. 근본적인 것이 무엇인가를 깨닫지 않는다면 영원히 미로에서 헤매듯 헤매게 될 것이 뻔하다. 어디를 가든 결과는 뻔하다. 결과가 달라지려면 근본의 성질을 바꾸어야 하고 문제가 되는 핵심을 버리고 새로운 것을 찾아야 한다. 그것이 바로 사회에 대한 적응이고 세상과 융합을 이루는 일이다. 자신의 행위나 생각이 전체가 되는 것처럼 생각하면서 살아가면 어디서든 만족을 이룰 수 없다. 불평이 생기고 불만의 한가운데서 고립을 피할 수 없다.

옛날에 어느 마법사가 있었다. 그 마법사는 고양이만 보면 벌벌 떠는 쥐를 가엽게 여겨 고양이로 변하게 하였다. 그러나 고양이는 이제 개를 무서워하기 시작했고 그래서 마법사는 고양이를 개로 변하게 하였다. 하지만 개는 호랑이를 무서워했고 그래서 개를 다시 호랑이로 바꿔 주었다. 그러나 웬걸, 호랑이는 다시 사냥꾼을 두려워하는 것이었다. 화가 난 마법사는 호랑이를 원래의 쥐 모습으로 바꿔놓았다. 그리곤 쥐에게 이렇게 말했다.

"너는 아무리 호랑이가 되었어도 겨우 쥐의 담력밖에 지니지 못해 항상 두려움 속에서 살았던 것이다."

이는 무엇을 뜻하는가. 아무리 겉모습을 바꿔 놓아도 쥐는 쥐일 뿐으로 본질은 변할 수 없는 것이다. 어딜 가도 어떤 모습으로 변해도 변할 수 없는 것은 상황을 바꿀 수 없다. 그대로 진행될 뿐이다.

중요한 일은 자신이 쥐의 담력인지 호랑이의 담력인지를 깨달아야 한다. 만일 쥐의 담력이라고 깨달았으면 자신이 지닌 본성을 바꾸어야 한다는 인식이 필요하다. 그것을 바꾸는 능력이 부족함을 깨달았으면 적어도 오기라도 지니고 있어야 한다.

나이지리아 속담에 "쥐가 고양이를 똑바로 노려보고 있으면 그 옆에는 반드시 쥐구멍이 있다"는 말이 있다. 적어도 도망칠 쥐구멍을 옆에 두고 고양이를 노려보는 만용을 부려볼 수 있는 용기가 있어야 한다. 그도 저도 아니고 모든 것을 체념하는 쥐의 담력으로서 세상을 살아간다면 모든 것이 허약하고 그렇게 살아야 한다.

잃을 것이 없다고 생각하면 된다

옳다고 인식하는 일에는, 분명하다고 생각하는 일에는 과감해져야 한다. 그리고 성공을 도출해내야 한다.

말레이시아 최대 부자인 셰잉푸는 원래 중국인으로서 50여 년 전에 말레이시아로 이민을 갔다. 그때 그의 주머니에는 달랑 5달러가 전부였다. 처음 그는 밑바닥을 전전하며 식당 종업원은 물론 고무 공장의 노동자 등을 지낼 때 그가 훗날 말레이시아 최대 갑부가 되리라고 생각한 사람은 한 사람도 없었다. 그렇다면 그가 어떻게 부자가 될 수 있었을까? 많은 사람들이 궁금해할 때 그는 이렇게 말했다.

"나는 여러분과 똑같은 기회를 가졌지요. 다만 다르다면 나는 모험을 두려워하지 않았고 단 100달러를 벌었어도 괜찮다고 판단되는 것이 나타나면 그것에 투자했습니다. 그것을 평생토록 해왔습니다. 모든 것을 다 잃어봤자 내가 잃는 것은 단 5달러뿐일 테니까요."

잃을 것이 없다고 생각하면 두려움도 사라진다. 하나의 목적을 가지고 분명한 삶을 규명하는 일, 사람마다 조금씩 다르겠으나 셰잉푸처럼 단 100달러를 모았어도 그것을 투자했고 그 수단에는 언제나 모두를 거는 다걸기식의 과감성이 있었다. 그리고 그 두려움을 없앴던 것은 모든 것을 잃어 봤자 겨우 5달러를 잃는 것뿐이라는 생각이었다. 하지만 우리가 알아두어야 할 것은 그 생각의 밑바탕은 언제나 모험이라는 굴레에서 벗어날 수 없었다는 사실이다.

모험을 두려워하지 마라. 성공으로 달려가는 길에 모험을 외면할 수는 없다. 그것은 어쩜 동반해야 할 무기이자 생명일 수도 있다. 셰잉푸에게는 100달러가 모아지는 순간마다 투자의 기회를 맞이하고 있었다. 그는 그 기회를 언제나 기다리고 있었고 그 기회를 맞이하면 과감했다. 자신을 믿었다.

오리슨 스웨트 마든은

"당신이 구하고자 애쓰는 황금 기회는 당신 자신 안에 있다. 그것은 당신 주위 환경에도, 행운이나 우연에도, 그리고 다른 사람의 도움에도 있지 않다. 그것은 오로지 당신 자신 안에 있다."

자신 안에 있는 것처럼 신뢰할 수 있는 것은 없다. 믿는 구석이 내 안에 잔존자처럼 버티고 있으면 못해낼 것이 없다. 옳다고 인식하는 일에는, 분명하다고 생각하는 일에는 과감해져야 한다. 그리고 성공을 도출해내야 한다.

기회는 기회로서 나타날 때 움켜쥘 수 있는 통찰력과 믿음과 용기가 있어야 한다. 태어날 때 빈손이었던 것을 감안하는 일도 필요하다. 실패해도 밑질 것이 없다는 배짱도 필요하다. 이런 점들이 남들과 비교된다. 성공한 사람과 그렇지 않은 사람들로 구분 짓게 한다.

이제부터 자신을 설득하라.

셰잉푸의 삶을 마케팅해보는 것은 어떤가?

인생에서 내가 바라는 길을 가기 위해 자신을 설득하는 것도 중요하다. 이 능력에 따라 얼마만큼 빨리 내가 바라는 것을 얻느냐 그렇지 못하느냐 하는 것이 결정된다. 그렇다면 이 결정 앞에 망설이거나 두려움을 가질 필요가 있겠는가? 없다. 전혀 없다.

이 순간, 자신의 호주머니에 손을 넣어보라. 자신의 손에 얼마가 쥐어졌는가? 그러나 그것은 중요하지 않다. 얼마가 주어졌든 상관없다. 단 5달러 이상이면 된다. 그리고 셰잉푸의 삶처럼 판단하고 결행하면 된다.

누구의 말이 옳습니까?

우리는 의식의 테두리에 갇혀 사는 경우가 종종 있다. 그러면서 이런 의식을
두둔하고 옳은 것이라 믿고 있다.

선불교에 다음과 같은 이야기가 있다.

두 승려가 하루는 바람에 나부끼는 깃발을 보고 있었는데 한 승려가
말했다.

"깃발이 나부끼고 있네요."

그러자 다른 승려가 말했다.

"아니지요, 바람이 불고 있는 것입니다."

그때 스승이 다가오자 두 승려가 물었다.

"저희 중에 누구의 말이 옳습니까? 저는 깃발이 나부낀다고 하고 이
사람은 바람이 불고 있다고 말했습니다."

그러자 스승이 말했다.

"너희 둘 다 틀렸느니라. 오직 의식만이 움직일 뿐이다."

의식의 움직임으로 세상의 존재를 감지하는 것, 사람마다 다르다. 이
것을 하나의 관점으로 익명한다면 선불교의 담론도 세상의 일반적인 것
과 별반 다르지 않지만 의식의 움직임으로 세상의 존재를 감지한다는 것

은 중요한 뜻인 것만은 분명하다.

선불교의 이야기와 견주어 인간들의 이야기 하나도 곁들인다면 어떨까?

어떤 두 사람이 언덕을 두고서 서로 다른 의견을 보이며 다툼을 하고 있다.

"저 언덕은 오르막길이군요?"

그러자 다른 사람이 말했다.

"아니요, 저 언덕은 내리막길입니다."

그때 내가 걸어가자 그들이 나에게 물었다.

"저희 중에 누구의 말이 옳습니까? 저는 언덕을 오르막길이라고 했고 이 사람은 내리막길이라고 말했습니다."

그러자 내가 말했다.

"당신 둘 다 틀렸습니다. 오르막과 내리막은 그 비탈길에 서 있는 사람의 주관에 따라 다르지요. 비탈길 밑에서 올려다보는 사람에겐 오르막길이고 비탈길 위에서 내려다보는 사람에겐 내리막길인 것입니다."

그들이 주장한 것은 하나의 같은 언덕에 지나지 않는다. 그런데 사람들은 서로의 입장에서 오르막이라고, 내리막이라고 규정하며 우기고 있다. 이 얼마나 모순된 주장인가.

우리는 이런 의식의 테두리에 갇혀 사는 경우가 종종 있다. 그러면서 이런 의식을 두둔하고 옳은 것이라 믿고 있다. 여전히 자기의 의견을 관철시키고자 한다. 그런데 내가 오르막과 내리막은 그 비탈길에 서 있는 사람의 주관에 따라 다르다는, 비탈길 밑에서 올려다보면 오르막길이고 비탈길 위에서 내려다보면 그건 내리막길이라고 지적했을 때 비로소 결국 틀렸음을 인정하기에 이른다.

여기서 의식의 움직임에 대해 그럴 듯한 논리가 있는데 그것은 절대 내 주관적인 의식과 시야에 대해 무조건 용인하지 말고 상대방의 의식에 한 발짝 다가서 판단하라는 것이다.

어떤 사물에 관하여 우리들은 너무 주관적인 관점에서 판단하고 정의를 내리려 하는데 그것은 잘못이다. 전혀 그렇지 않다. 경우에 따라선 일치하는 것도 있지만 서로 환경이 다르고 문화가 다른 체제에서 살아온 사람의 시각에선 사뭇 다르게 판단되는 것이 대부분이다. 인식의 차이, 시각의 차이는 인류의 거점이 되어 싸움을 일으키는 원인이 되어 온 게 사실이다.

누구의 말이 옳은가를 따지지 마라. 내 생각이 옳고 남의 생각이 그르다는 판단 앞에서만이 긍정이 가능한 이 물음을 던지지 마라. 너도 옳고 나도 옳다는 생각에 방점을 두고서 상대를 이해하라.

"누구의 말이 옳습니까?"

"네 말이 옳다."

약속이 사람의 마음을 잡는다

약속이란, 나를 표현하는 잔잔한 물결이다.

"약속을 지키는 최고의 방법은 약속을 하지 않는 것이다."

이 말은 나폴레옹 1세가 한 말로서 약속이란 그만큼 지키기 어려운 것이므로 쉽게 하지 말 것을, 약속이라는 굴레에 얽매이지 말라는 뜻이기도 하다. 그러나 약속은 사람의 마음을 사로잡는 가장 효과적인 수단이다. 이집트의 노예로부터 이스라엘 민족을 해방시킨 모세는 이집트를 탈출하여 사막에서 방황하고 있는 이스라엘 백성들에게 '약속의 땅, 젖과 꿀이 흐르는 약속의 땅'을 부르짖었다. 그러자 백성들은 환호하며 그를 따랐다. 왜 그랬을까? 이는 그의 약속을 철저히 믿었기 때문이다.

그러나 약속의 이행은 참으로 어려운 것이다. 가장 지키기 쉬운 것 같으면서도 가장 지키기 어려운 것이 약속이다. 약속하는 그 순간에는 가벼운 마음이었으면서도 그것을 지켜야 하는 그 순간에는 무거운 마음으로 부담을 크게 느끼는 것이 약속이다.

약속을 한 번 어기게 되면 꼭 되풀이한다는 것이 통념이다. 그러니까 약속을 어긴 사람은 거의 또 약속을 어긴다는 말이다. 미래에 되풀이할

확률이 95퍼센트 이상이라고 말하는 것을 보면 한 번 약속을 어긴 사람을 다시 믿는다는 것은 어리석은 일이 아닐 수 없다.

　'사람은 자기가 한 약속을 지킬 만한 좋은 기억력을 가져야 한다'는 니체의 말처럼 자신이 한 약속은 어떠한 경우라도 잊지 않고 지켜내야만 한다. 그래야 신뢰를 얻을 수 있고 진실한 사람으로 평가받을 수 있다. 약속을 쉽게 해버리고 지키지 않으면 신용장으로 평가받은 사람도 일순간 그 신용장을 잃고 형편없는 사람으로 치부되어 어떤 경우라도 그 사람의 말을 믿지 않게 된다. 더욱이 다음부터의 약속은 약속으로서의 가치를 잃게 된다.

그리스도의 구원과 영생의 약속, 석가처럼 깨달음을 통해 해탈의 길을 제시하여 그것을 지킨 약속, 공자가 인의예지를 실천하여 사회 속에서 행복과 평안을 누릴 수 있는 약속들은 그것이 실천되었으므로 뜻이 있고 우리가 그들을 따르는 이유가 되는 것이다.

그러나 아무리 약속의 실천이 중요하다고 부르짖어도 실생활에서 약속을 전부 지키기 어려운 것만은 분명한 일이다. 그럼에도 한 번 약속은 어떠한 일이 있어도 지키는 것이 중요하다. 성현과 우리들의 비유가 설령 맞지 않다고 부르짖는 사람이 있을 수 있다. 그러나 성현들이 지켜낸 약속의 완성도보다는 못하더라도 최소한 지킬 수 있는 약속은 모두 지켜내야 한다. 그렇게 할 수 있는 사람과 그럴 수 없는 사람과의 차이는 결국 그 사람의 인생이 되고 그 사람의 인격이 되며 그 사람의 삶이 나타나게 된다.

우리는 이것을 간과해선 안 된다. 성현들이 품어낸 것들을 어떻게 범인인 우리들과 견줄 수 있느냐는 이유 있는 항변이 있을 수 있지만 그렇다고 그것이 올바른 행위임에도 도달할 수 있는 힘을 잃는다는 것은 우리의 의식 속에서 성현의 마음을 지워버리는 것과 뭐가 다를 것인가.

약속이란, 나를 표현하는 잔잔한 물결이다. 그리스도가 구원과 영생을 약속을 할 때 요란했던가? 석가가 깨달음을 통해 해탈의 길을 제시하여 그것을 지켰을 때 소란했던가? 공자가 인의예지를 실천하여 사회 속에서 행복과 평안을 누릴 수 있는 약속들이 실천되기까지의 과정에서 공자의 삶이 요동치듯 했던가? 그들은 모두 조용히 그것을 실천하였으며 자신들의 약속을 지켜냈다. 이것이 그들이 위대했던 이유이다.

나는 나 자신을 모르고 있다

내 능력의 한계를 스스로 짐작하지 말고 나는 무엇이든 해낼 수 있다는 자신
감과 능력을 믿어라.

이 세상에서 나는 유일한 나이다. 나와 같은 사람은 두 번 다시 이 세
상에 태어나지 않는다. 내가 죽으면 내가 가진 모든 것도 함께 간다. 사람
은 실제로 자기 자신 외에는 아무것도 소유하지 못한다. 그런데도 나는
나 자신을 모르고 있다.

능력 또한 마찬가지이다. 대다수의 사람들이 자기의 능력을 과소평가
하고 있다. 무궁한 잠재력을 지닌 자신의 능력을 측정하지 못하고 자신
의 능력을 모르고 있다. 허버트 오토는 '우리는 일생 동안 우리가 가진
능력의 단 5퍼센트만 쓰고 있다'고 말한다. 그렇다면 만일 우리가 가진
능력의 5퍼센트만 더 사용하게 된다면 나는 과연 어떠한 능력의 소유자
로 인정받게 될까? 참으로 궁금하지 않을 수 없다.

사람은 능력을 확대시킬 수 있는 초능력적인 힘을 가지고 있다. 우리
가 가진 능력을 조금만 더 사용할 수 있는 노력과 지혜를 발휘한다면 우
리 인생에서 그것이 태풍의 눈이 될 수도 있다. 태풍의 중심에는 눈이 있
다. 이른바 태풍의 눈으로 거대한 에너지가 작용하는데 이 눈을 중심으

로 대기가 빠른 속도로 회전하며 모든 것을 빨아들인다. 이처럼 우리의 힘도 그렇게 작용될 것이다.

이 거대한 힘으로의 중심 이동은 내가 나를 어떻게 향상시키는가와 나의 능력이 무한하다고 느낄 때 비로소 이루어진다는 생각이다. 내 능력의 한계가 어떠하다는 것을 아는 것이 중요하다. 그 각성으로 출발하여 나를 올바로 신단해야 한다. 그것을 진단하지 못하는 자의 변명은 어리석은 자의 하소연일 뿐이다. 변명이 많은 사람은 자신의 능력에 자신이 없어서다. 최선을 다한 사람은 실패해도 변명하지 않는다. 그런 사람들은 실패를 통해 자신의 부족함을 깨닫고 새로운 목표를 세워 새롭게 도전할 용기를 갖는다.

'성공하려면 성공한 사람처럼 행동하라'는 격언을 마음에 새겨두라. 성공하려는 사람이 실패한 사람처럼 의기소침해 있고 용기를 잃은 사람으로 살아간다면 결코 성공을 이룰 수 없다. 지극히 당연한 말이지만 성공을 꿈꾸는 사람은 대다수이나 이를 쟁취하고 그 꿈을 꼭 이루고야 말겠다는 당찬 기대를 가지고 거기에 올인하는 사람은 의외로 적다. 그저 망상에 불과한 삶의 형태를 지니고 사는 사람들이 대부분이다. 이는 다시 이야기하지만 자기 능력을 스스로 인정하지 못하고 과소평가하기 때문이다. 누구나 간직하고 있는 잠재력을 캐내지 못하고 그야말로 자기 자신을 모르기 때문이다.

나를 올바로 아는 일이 중요하다. 내 능력의 한계를 스스로 짐작하지 말고 나는 무엇이든 해낼 수 있다는 자신감과 능력을 믿어라. '나는 나 자신을 모르고 있다'는 것은 내가 어리석은 사람이라는 것을 자인하는 것이 된다.

지금이라도 늦지 않았다. 내가 누구인가를 짐작하라. 나는 누구보다 능력 있고 잠재력이 있으며 무한대로 뻗어나갈 수 있다는 것을 증명하라. 그럼으로써 당당함을 보이고 누구에게든 자신감을 갖도록 해라. 그것이 잘 사는 일임을 잊지 말라.

자기 자신을 안다는 것은 어려운 일이다. 그럼으로 일단 자신이 누구인가에 대한 자각을 깨우쳐야 한다.

강한 자가 정의가 되는 세상

강한 자가 되라. 강한 자가 정의가 되는 세상에서 내세우는 조건으로 다가가라. 그러면 강한 자가 될 수 있다. 남들보다 강하지 않으면 강한 자 앞에서 비굴해지기 쉽다.

성공하고야 말겠다는 불타는 욕망은 그 자체가 에너지를 발산하는 강한 힘이 된다. 꿈을 꾸는 인간이 목표에 도달할 수 있도록 도와주는 것은 바로 이 에너지이다.

인류가 큰 꿈을 갖고 있지 않았다면 어쩜 우리는 오늘날까지 발가벗거나 동굴에서 살았을지도 모른다. 꿈이 있어 진보할 수 있었고 진화할 수 있었으며 불가능처럼 보였던 것들도 점령되었다.

인간의 세계는 꿈이 있어 치열했고 경쟁이 존재해 먹고 먹히는 싸움이 처절했던 게 사실이다. 그 과정에서 언제나 세상은 꿈을 먼저 이룬 사람의 힘에 의해 지배되었고 상하가 구분되었으며 세상은 그런 사람을 강한 자의 레벨에 올려놓았으며 그것은 알게 모르게 정의가 되고 말았다.

독수리의 세계에서 힘없는 새는 힘센 새가 날아오면 먹던 모잇감을 내주어야 하고 힘이 센 새는 힘이 약한 새를 쫓아버리기 위해 쪼는 수는 있으나 힘이 약한 새는 힘이 센 새에게 그렇게 할 수가 없다. 힘의 논리에 의해 자연스럽게 이루어진다. 이건 독수리의 세계에서뿐만 아니라 동물

의 세계에서도 별반 다르지 않다. 가장 약한 동물은 힘센 동물의 지배 아래 놓이게 되며 절로 규칙이 되어 존재한다.

인간의 힘도 이러한 이치 속에서 남모르게 규율이 정해진다. 법의 테두리가 있음으로 사람은 누구나 평등하다고 외칠 수 있고 그렇게 존재하고 있다고 느껴지겠으나 사실은 그렇지 않다는데 문제가 있다.

힘을 키워라. 힘이 곧 능력이 되며 능력이 성공인 것이다.

일본 마쓰시타 전기 창업주인 마쓰시타 고노스케는 자신의 성공 비결로 세 가지를 꼽았는데 가난하게 태어난 것과 건강치 못하고 허약하게 태어난 것, 그리고 초등학교 4학년 때 학교를 중퇴한 것이었다고 한다. 이런 자신의 어려움을 극복하기 위해 그는 밤낮없이 노력하였고 그 결과 오늘의 성공에 이를 수 있었다고 말했다.

약한 것은 약한 것이 아니다. 학력이 낮다고 해서 낮은 것이 아니다. 그런 결점을 스스로 깨달아 남들보다 더욱 노력한다면 얼마든지 성공을 이룰 수 있다.

가난하게 태어난 것이 성공의 길에 장해로 등장하는 것이 아니다. 가난함으로써 그것을 극복하기 위해 더 노력한다면 마쓰시타처럼 세계의 사업체를 이루고 부자가 될 수 있다. 그는 오히려 가난하였기에 더 큰 성공을 이룰 수 있었다. 허약하게 태어났기에 건강해지려고 힘쓴 결과 남보다 더 건강한 체질을 지닐 수 있었다.

가난한 사람에게 가장 필요한 것은 부자가 되겠다는 야심으로 그 야심만 버리지 않는다면 가난한 사람이 부자가 되는 게 그렇게 어려운 것만은 아니란 사실을 기억하고 희망을 잃지 마라.

강한 자가 되라. 강한 자가 정의가 되는 세상에서 내세우는 조건으로 다가가라. 그러면 강한 자가 될 수 있다. 남들보다 강하지 않으면 강한 자 앞에서 비굴해지기 쉽다. 잘못하다간 자신의 모잇감을 힘센 자에게 양보하고 밀려날 수 있다.

힘에 밀려 뒤로 처진다는 것은 굴복당했음을 의미한다. 힘에 밀려 자신의 먹이를 강한 자에게 빼앗긴다는 것은 불합리한 것이나 힘에 의해 정의되는 세상에서 알게 모르게 정의화되어 있다면 우리가 가장 먼저 해야 할 일은 자신의 힘을 키우는 것이다.

핸디캡을 극복한 사람이 성공한다

누구나 핸디캡을 가지고 있지만 그것을 극복하는 일은 의외로 간단하다. 남들보다 뛰어난 일을 갖추고 훌륭한 장점을 지니고 있으면 된다.

성공한 사람들 가운데서 가난이나 허약함이 자신의 핸디캡이었다고 변명한 사람을 나는 보지 못했다. 그들은 자신의 핸디캡을 극복해내기 위해 자신의 처지가 어떻다고 알고 있으면서도 거기에 주저앉아 낭비할 시간이 없었다.

로버트 루이스 스티븐슨은 허약한 체질 탓으로 거의 일생을 사실상 병자로 지냈지만 그는 인생에 있어서나 일에 있어서나 병마에 굴복하는 것을 용납하지 않았다. 그래서 그가 쓴 작품의 내면에는 밝은 햇볕과 힘, 그리고 건강과 그의 정신에서 내뿜어지는 남성적인 활력이 넘쳐나게 되었다. 그가 병마라는 핸디캡에 굴복하지 않았기에 그의 문학세계는 측량할 수 없는 거대한 것이 될 수 있었다.

여러 핸디캡에도 불구하고 자기 자신을 위대한 인물로 창조한 사람들은 많이 있다. 바이런 경은 한쪽 발이 기형이었다. 줄리어스 시저는 간질병이 있었으며 나폴레옹은 키가 작았고 베토벤은 귀머거리였으며 밀턴은 장님이었기에 더욱 뛰어난 시를 썼고, 차이코프스키는 불행한 결혼생활을 겪었기에 불멸의 〈비창〉을 작곡할 수 있었다. 루즈벨트 대통령은 소아마비였으며 모차르트는 폐병환자였고 헬렌 켈러는 어려서부터 장님이고 귀머거리였다. 그러면서도 이들은 누구도 넘보지 못할 위대한 족적을 남겼으며 당당히 세상의 한 획을 그었다.

사람은 외형으로 드러난 사람들보다 드러나지 않는 결정적인 핸디캡을 가지고 있는 사람들이 의외로 많다. 살펴보면 우리 인간들은 내개 한두 가지 핸디캡을 지니고 산다. 완벽한 사람이 없다. 문제는 자신이 지닌 핸디캡을 인정하지 못하고 그것을 극복하려는 의지마저 잃어버린 사람들이다. 그들의 인생은 매우 불우하다. 핸디캡을 지녀서 불우한 것이 아니라 그것을 깨닫지 못하고 있어서 불행하다.

자신을 거울처럼 들여다보라. 그리고 어떤 핸디캡을 지녔는가를 자세하게 살펴라. 그것을 찾아냈거든 핸디캡을 능가할 의지를 보여라. 그러면 핸디캡이 그다지 나의 장애가 될 수 없다는 것을 깨닫게 된다.

누구나 핸디캡을 가지고 있지만 그것을 극복하는 일은 의외로 간단하다. 남들보다 뛰어난 일을 갖추고 훌륭한 장점을 지니고 있으면 된다. 자신의 일에 진지하고 열정을 가지고 있으면 된다. 그리고 열심히 노력하여 완성해내면 설령 외형의 핸디캡이나 정신적인 장애의 핸디캡을 지녔더라도 그것들을 덮어버릴 수 있는 힘이 생겨 남들 앞에 당당하게 자신을 나타낼 수 있다.

'왜 유독 나만이' 하는 불행을 떨쳐라. 설령 지독한 핸디캡이 있더라도 다만 질량에서 남들보다 더 크다 뿐이지 전적으로 나에게만 존재하는 것은 아니다. 어찌 보면 종류가 다르게 나타났을 뿐이다.

핸디캡을 극복하는 일은 오로지 자기 자신의 의지에 달려 있다. 타인

으로 말미암은 의지는 의
지가 될 수 없다. 어쩜 지
독하리만치 인내와 고통
을 참아내면서 그것을 극
복했을 때에 비로소 벗어
날 수 있다.

고대 스칸디나비아의
한 노인이 말했다고 전해
지는 말이다.

"나는 신도 믿지 않고
악마도 믿지 않는다. 오
로지 나 자신의 육체와
영혼의 힘만을 믿는다."

핸디캡을 벗어던지는
일에는 이렇듯 자신의 육
체와 영혼의 힘만을 믿는

강한 의지가 필요하다. 신도 그 누구도 믿을 필요가 없다. 신이 아무리 성
공을 이룰 수 있는 계기를 주어 희망을 남길지라도 종내 그것을 감당하
고 극복해야 하는 것은 나 자신임을 잊지 마라.

신은 공평하다. 만일 내게 어떤 핸디캡을 주었다면 그것을 극복하여
아주 큰 성공을 이룰 수 있도록 하는 계기를 그에 대응하는 선물로 마련
해 주었을 것이라 생각한다. 그게 우리들에게 주어진 희망이다.

인간 정신의 꽃은 어디에

우리는 한 수레의 책만 읽어도 풍부한 정신세계를 느낄 수 있다. 자신이 확보한 자신만의 세계를 차지할 수 있다.

우리들은 누구나 자유로운 지식을 풍부하게 가질 수 있는 기회를 갖고 있으면서도 교양을 높이는 일을 소홀히하고 있다. 공공 도서관의 문은 모든 사람들을 향해 활짝 열려 있다. 그럼에도 불구하고 우리들은 정신을 굶주리게 하고 정신의 양분으로 하기엔 칼로리가 낮은 저급한 문화에 속해 그것에 만족하는 잘못을 범하고 있다.

인간이 달성한 문화와 지식, 혹은 지혜라고 하는 것들은 모두 책 속에 담겨 있다. 인간 정신의 꽃, 인간의 지혜와 희망과 포부의 정화는 모두 하얀 종이에 검게 인쇄된 활자, 위대한 책 가운데 담겨 있다.

독서에 의해서 우리들은 소크라테스와 더불어 산책하고 셸리와 더불어 꿈을 꾸며 조지 버나드 쇼와 의논하고 마크 트웨인과 이야기를 나눌 수 있다. 그러한 위대한 정신의 소유자들과 마음으로 교류한다는 것은 정말 행복한 일이다.

도스토예프스키나 투르게네프나 톨스토이의 소설을 읽고 난 후에는 근대 러시아의 흐름을 아주 쉽게 이해할 수 있게 된다. 그 소설들에 의해

우리들은 하나의 국가가 내부에서부터 서서히 부패해 가는 과정을 볼 수 있게 된다.

인간 정신의 꽃은 책 속에 있다. 거기에 머물러 자신을 찾는 사람들은 교양을 숨 트고 지식을 넓히며 시간과 공간을 넘나드는 초월성을 갖춘다. 세상에 그 어떠한 지식도 책을 많이 읽은 사람의 도량과 깊이를 따라가시 못한다. 전문성을 갖춘 지식의 습득과는 절대 다르다. 그들은 한 가지에 국한된 전문가는 될 수 있을지 몰라도 세상을 보는 안목과 인간 사이의 정신 세계를 산보할 수 없다.

우리는 한 수레의 책만 읽어도 풍부한 정신 세계를 느낄 수 있다. 자신이 확보한 자신만의 세계를 차지할 수 있다. 책을 읽지 않은 사람이 범접하지 못하는 여유가 있고 삶의 영향이 크게 번져가는 것을 느낄 수 있다. 책을 읽는 즐거움이 샘솟는 것은 바로 그러한 이유가 발산되기 때문이다.

지식에도 질이 있다. 쓸모없을 정도로 형편없는 지식을 지녔는가 하면 모든 사람들이 우러러 배우고 싶은 지식을 가진 사람이 있다. 지식은 통계를 가질 수 없지만 그 범위는 알 수 있다. 그리고 질을 느낄 수 있다. 잡학사전과 지식사전의 차이가 어떻다는 것을 짐작하면 된다.

지식이 중심에 쌓여 땅이 만물을 지고 있는 것처럼, 바다가 모든 것을 포용하는 것처럼, 구름처럼 번성하고 우레처럼 꿈틀거리면 비로소 지식인으로서 이름을 얻게 된다.

책을 읽는다는 것은 공부하는 것이고 배움을 쌓아가는 것이고 습득하는 것이다.

요한 볼프강 폰 괴테는 이렇게 말했다.

"이제 더 이상 평생을 위한 배움은 존재하지 않는다는 것만으로도 충분히 개탄할 일이다. 우리를 앞서간 사람들은 청소년 시절 배움으로 평생을 살 수 있었다. 그러나 지금 우리는 시대에 뒤처지지 않으려면 5년마다 새로이 배워야 한다."

이는 배움이 끝없이 이어져야 한다는 말이다. 한시적인 배움이 평생 이어질 수 없으니 배움을 지속해야 한다는 말이다. 지식은 그 자체로 가치가 있다. 그 안에 담긴 사실들을 해석하여 무얼 해야 할지 결정할 수 있는 능력을 지니고 있는 한 지식은 누구에게나 쓸모 있고 필요한 것이다.

우리에게 존재하는 것은

정신적인 자유를 그리워하면서 이 사회의 규정에서 벗어나려고 발버둥치는
사람들이 많으며 고래사냥을 떠나려는 사람들이 많다.

서구문화는 여태껏 경쟁의 문화로서 존재해 왔다. 사람을 평가하는
기준은 언제나 '다른 사람보다 얼마나 많이 가지고 있는가', '다른 사람
보다 큰 집을 가지고 있는가', '다른 사람보다 좋은 차를 가지고 있는가,
다른 사람보다 높은 학벌을 갖고 있는가'로 우수한 인물을 규정한다.

하지만 그러한 서구문화의 기준이 모든 문화에 적용된다고 확신할 수
있을까? 그렇진 않다. 왜냐하면 정신적인 수양이 잘된 사람을 가장 훌륭
한 인물로 생각하는 문화를 지닌 나라가 있고 심오한 철학을 지닌 사람
을 훌륭한 사람으로 선택하는 문화도 있기 때문이다.

그러나 그 사회가 가지고 있는 통념은 어쩔 수 없이 존재하는 게 사실
이다. 우리 사회를 인정하고 보면, 우리가 당면한 문화 속에서 어떻게 인
식하고 사는가 하는 문제는 고민해 볼 필요가 있다. 그것이 존중되고 인
정되어야 한다는 문제에 대해선 단호히 거부하지만 말이다.

우리에게 존재하는 것은 우리 문화가 서구문화로 이완되면서 서구문
화의 규정에 속하는 문화로 변화되어 가고 있는 것은 사실이다. 옛날의

문화는 그저 전설적인 것으로 사라지고 현대적 감각에 사로잡힌, 그저 눈에 보이는 형상에만 매달려 거기에 모든 기준이 쏠려 있다. 이것이 좋다, 나쁘다 할 수 있는 것은 아니지만 통념상 그것이 모든 것을 평가하는 기준으로 변화되어 가는 것은 주지할 수 없는 사실이다.

결국 이 모든 것들은 소유로서 결론지을 수 있는 것인데 소유를 지녀도 나 행복으로 연결될 수 있는가에 대해선 역시 의문이다. 행복은 소유에 비례하지 않고 감사에 비유되는 것이기 때문이다.

항상 감사하는 마음으로 소유를 책임질 수 있는 인격을 갖춘다면 얼마나 좋을까. 소유의 드러남을 뽐낼 것이 아니라 나에게 소유된 모든 가치에 감사하는 마음, 그런 마음으로 타인을 대했을 때 풍겨지는 품격을 갖추게 된다면 또한 얼마나 좋을까. 그러지 못한다면 진정한 소유보단 감당하지 못할 소유로서 오히려 소유가 불미스러워진다.

사실 규정에 갇혀 산다는 것은 불편한 일이다. 자유스러운 삶과는 거리가 멀다. 그러함에도 그 규정에서 벗어나 살 수 없는 현실이 안타까울 뿐이다. 그래서 정신적인 자유를 그리워하면서 이 사회의 규정에서 벗어나려고 발버둥치는 사람들이 많으며 고래사냥을 떠나려는 사람들이 많다.

바다의 광기에 함께 파묻히고 싶어 하는 사람들이 많으며 때론 자연의 적막에 갇히고 싶어 하는 사람들이 많다. 그것이 허용되지 않는 사람은 잠깐만이라도 그윽한 숙면에 잠기고 싶어 하기도 한다.

가진 것이 많은 사람은 버릴 것도 많은 법이다. 소유의 어깨를 지탱한다는 것은 그 무게의 중압감에 억눌려 힘들 것은 뻔하다. 아무리 서구문화가 지배하는 세상에서 살아간다고는 하지만 우리에게 존재하는 것은 정신적인 자유이고 그것을 누릴 권리를 찾는 일이다. 나의 삶에 감사하고 가지지 않아도 누리지 않아도 행복할 수 있는 정신적 성숙을 마련하는 일에 힘쓰도록 하는 것이 얼마나 좋은 삶인가. 나의 삶은 매일 그것을 기대하게 한다.

인간은 같지 않다

인간은 같지 않다고 말하는 기저에는 단순하게 다름을 표현하는 것이 아니다. 독자성을 나타내기도 하지만 좋고 나쁨을 구분하는 평가도 깔려 있다.

인생이란 각자의 독특한 모험인 것이다. 그리고 본질적으로는 모두가 똑같은 재료로 만들어져 있음에도 불구하고 각자 놀랄 만큼 다르게 되어 있다. 현대인들은 자기 존재의 인식에 굶주리고 있다 해도 지나치지 않지만 실제로는 서로 비교할 수 없는 놀랄 만한 독자성에 의해 구별된다.

인간은 같지 않다. 같을 수 없다. 정신세계도 그렇고 외향의 모습도 그렇다. 다만 누가 더 자기다운 세계를 구축하고 자기다운 삶을 살아가느냐에 따라 보통의 사람과 다르게 나타나는 것이다.

베토벤의 음악도 누가 연주하느냐에 따라 다르다. 세계적인 오케스트라가 연주하는 것과 일반적인 오케스트라가 연주하는 것은 하늘과 땅 차이로 나타난다. 베토벤의 '운명'을 연주할 경우 같은 '운명'을 연주함에도 불구하고 그 음악의 운명은 확연히 다르게 나타난다.

외국에 어떤 형제가 배가 고파 함께 도둑질을 했는데 한 사람은 도둑들의 눈에 띄어 도둑이 되었다. 그러나 다른 한 사람은 도둑질을 하러 성당에 들어갔다가 신부의 눈에 띄어 그의 인도에 따라 올바른 환경에서

성장했고 나중에는 존경받는 대주교가 되었다.

인간의 운명은 아주 간단한 상황에 의해 이렇게 달라진다. 이런 경우가 세상에는 많다. 인간의 형질은 같지만 그러나 성질은 다르다. 세월을 짊어지고 세상의 길을 걸어가는 것은 누구나 똑같은데 대면하는 사람들이 다르고 식탁이 다르고 잠자리가 다르고 생각의 폭이 다르고 남들로부터의 인식도 다르다. 존경의 대상이 되기도 하지만 경멸의 대상이 되기도 한다.

우리는 어떠한 사람으로 구분되길 원하는가. 생각할 것 없이 누구나 선한 사람이길 원하고 식탁이 기름지고 풍요롭길 원하며 잠자리가 따뜻하고 생각의 폭이 넓어 너른 세상을 헤엄쳐 가고 싶어 하며 또한 남들로부터의 인식이 좋길 바라며 존경의 대상이 되고 싶을 것이다. 그럼에도 불구하고 그 반대적 성향을 지니고 세상을 힘들게 살아가는 원인은 무엇인가?

좋은 사람으로 성장하기 위해선 좋은 환경을 만나 좋은 생각과 자신을 키워주는 좋은 부모와 좋은 이상들이 결합되어야 한다. 나쁜 환경에서 나쁜 생각을 가지고 나쁜 부모 밑에서 성장하는데 그게 좋게 나타날리가 없다.

인간은 같지 않다고 말하는 기저에는 단순하게 다름을 표현하는 것이 아니다. 독자성을 나타내기도 하지만 좋고 나쁨을 구분하는 평가도 깔려 있다.

베토벤의 운명을 누가 연주하느냐에 따라 다르다고 말하는 것도 실력의 상하가 갈려져 있음을 표현하는 것이고 한 형제가 똑같은 도둑질을 했다가 누구를 만났느냐에 따라 인간의 삶의 질이 다르게 변했다는 것도

역설이 될 수 있다.

　인간은 다르다. 같을 수 없다. 그러나 무엇이 다른지를 생각할 단계에
서 깨달음이 필요하다. 남을 부러워하는 것은 자신이 갖지 못한 것을 다
른 사람이 갖고 있을 때 생겨나는 감정이다. 당신은 어떤 감정으로 서 있
을 것인가.

나의 존재를 증명하라

만일 자기 자신과 자기 인생에서 바꾸고 싶은 것이 있다면 사람들은 무엇이라 대답할 것인가?

"나는 존재하기 때문에 존재한다."

나의 존재를 증명하기 위한 어떤 설명도 증명도 필요하지 않을 때 정녕 우리는 이러한 표현을 할 수 있게 된다. 이러한 관념은 자신에 대한 존엄성과 진지함, 성실로 자신을 대하는 자세를 의미한다. 내 존재에 대한 깨달음은 살아가기 위하여 나를 보완하고 기초로 만들며 내가 존재한다는 의식만으로도 나의 존재가 완성된다. 이것이야말로 나 자신의 존재를 받아들이는 자세의 본질이 아닐까? 바로 존엄성이다.

나는 누구인가. 무엇을 위해 살며 어떤 목적을 이루기 위해 살아가는 것인가? 이러한 의문을 지니고 그 의문에 대한 정직성, 그 의문에 대한 완벽한 실현을 하는 것이 중요하다고 생각한다. 이것은 성실함이다.

자기의 존엄을 받들고 성실로 무장한다면 이보다 값진 삶은 없을 것이며 자기 존재에 대한 증명을 바로 하게 되는 것이다. 하지만 우리는 언제나 자기 존재에 대한 몰입에 취약해 왔다. 그저 태어난 것이요, 그저 살아가는 것이란 인식은 언제나 인간을 불안한 위치에 서 있게 했다. 여기서 빠져나오려는 노력은 내 존재에 대한 망각으로 이어지기 일쑤였고 값진 삶에 대한 부담으로 인해 그저 멍청한 상태에 놓이기도 했다.

내 존재 이유에 대한 진지한 고민은 한번쯤 해보는 것이 좋을 것 같다. 그리고 내 존재를 증명하기 위한 삶에 대해 생각해 보는 시간을 가져보는 것도 좋을 것 같다.

진지한 고민과 생각해 보는 시간을 가짐으로써 좀 더 견고한 목적이 성립되고 무엇을 어떻게 해야 할 일에 대한 방점을 찍을 수 있을 것이란 생각 때문이다.

그렇지 않겠는가? 생각이 있어야 행동이 있을 것이고 내 존재 이유에 대한 물음이 있었을 때 진정한 답변을 찾을 수 있을 것 아닌가. 아무런 생각 없이 그저 부평초처럼 떠돌며 사는 삶을 방치하면 결국 아무런 뜻을 새길 수 없게 된다.

행동은 신중해야 하지만 생각은 깊어야 한다. 만일 자기 자신과 자기 인생에서 바꾸고 싶은 것이 있다면 사람들은 무엇이라 대답할 것인가? 저마다 다르긴 하겠지만 인생을 살아본 만큼 살아본 사람의 입장에서는 크게 달라지지 않고 비슷한 경우가 될 것이다.

또한 자기 자신과 자기 인생에서 가장 감사한 일이 있다면 사람들은 무어라 대답할 것인가? 이 또한 사람마다 다르긴 하겠지만 비슷하게 나타날 것이란 생각이다.

삶이란 그저 수평적인 상태로 진행되어 간다는 것을 깨달은 사람일수록 별다른 욕심 없는 형태의 목록을 주저 없이 내놓을 것이다. 간혹 진저리나는 삶을 경험하여 극단적인 표현을 감정에 섞어 토로하는 사람도 있겠지만 그러나, 사람의 삶이 그렇게 아프게 진행되는 게 얼마나 되겠는가?

　나의 존재를 증명하라.

　나의 존재를 증명하기 위해서 내가 무엇을 어떻게 해야 할 것인가를 생각하라.

　인간이 가장 중요한 측면에서 다른 동물들과 차이를 보이는 것은 이성으로서 인간은 애초부터 이성을 가지고 태어났으며 그것을 지닌 사회적 존재로 살아간다는 점이다.

자기의 신념이 무언가를 생각하고 행동하라

포기하려는 마음은 세상에서 느끼는 기쁨을 모두 말려버리려는 힘이 있다.

인생에서 성공과 실패는 신념에 의해 좌우된다. 그러므로 확고한 신념을 가지는 것은 큰 힘이 된다.

자기 자신에게 오늘 이렇게 물어보아라.

"어떠한 어려움이 있어도 나의 신념을 바꾸지 않겠는가? 또 그 신념에 따라 행동할 수 있을 만큼 그것을 믿고 있는가?"

이 물음은 중요한 이야기이다. 자신이 무엇을 하려는가를 생각하고 행동하라는 말은 자칫 경솔하게 행동할 수 있는 보통 사람들에게 유용한 말이다. 사람이 좌절감에 빠지는 것은 그 사람이 믿고 있는 것이 틀렸기 때문이 아니라 그 신념에 따라 행동하지 않고 좋든 나쁘든 그 신념을 관철하는 끈기가 없었기 때문이다.

인생의 실패에서 벗어나기 위해서는 실패의 상황을 개선할 필요가 있고 그 당사자가 자신뿐이라는 것을 깨달아야 한다. 그러지 않고서는 실패에서 벗어날 수 없다.

좁은 외나무다리를 걷는다면 겁을 먹지 않았을 때보다 겁을 먹었을

때 떨어질 확률이 크다. 그래서 두려움을 갖는 사람과 두려움을 갖지 않은 사람과의 차이는 인생에서 크게 나타난다.

아무리 생각해도 신념이 중요하다. 그리고 그것을 실천하려는 의지가 중요하고 관철시키기 위한 노력과 철저한 믿음이 있어야 한다. 신념에 대한 믿음은 높은 경지에 다다르는 이성과 철학이 있어야 하고 철저한 분석이 잉태한 사고가 있어야 한다. 그럴 때 비로소 신념은 신념으로서의 가치를 지니고 나를 강하게 이끌게 된다.

신념에 가득 찬 눈빛은 상대를 압도하는 힘이 있다. 엘바 섬을 탈출한 나폴레옹이 자신의 부하들을 만났을 때 그의 눈빛은 강한 신념으로 번뜩이고 있었다. 이것을 본 그의 부하들은 용기백배하였다. 이는 부하들이 나폴레옹의 눈빛에서 승리할 수 있을 것이라는 뚜렷한 확신을 보았기 때문이다.

신념이 강한 사람은 눈빛부터 다르다. 그것은 확신의 표현이기 때문이다. 신념으로 가득 찬 발걸음은 힘차다. 그것은 믿음의 표현이기 때문이다. 신념이 확고한 사람에게서 우리는 생동감을 발견할 수 있다. 신념을 가지지 못한 사람의 무기력함과는 비교할 수 없는 활력이 넘쳐난다. 무엇이든 해낼 수 있다는 자신감이 용솟음친다. 아직 내가 가지고 싶은 것을 다 갖지 못한 것을 기뻐하라. 뭔가 바라는 것이 있다는 것은 인생의 즐거움이고 희망이다.

포기하려는 마음은 세상에서 느끼는 기쁨을 모두 말려버리려는 힘이 있다. 상실에 가까운 절망과 능동적인 행동을 차단시켜 나 자신을 너무 무기력하게 만든다. 어떤 경우에도 나는 성공할 수 있다는 믿음과 신념이 살아 있어야 한다. 신념이 굳으면 못할 일이 없다.

오직 너에게만

오직 너에게만 찾아올 것이 행복이라면 얼마나 좋겠는가. 그러나 불행도 어느 한순간에는 너에게만 찾아올 수 있다.

자신을 행복하게 할 수 있는 힘은 오직 자신에게만 있다는 것을 알아라. 오직 너에게만. 행복은 그 누가 만들어 주지 않으며 그 누가 가져다주지도 않는다. 세상에서 가장 소중한 행복은 남이 네게 주는 것이 아니고 오직 너만이 네 자신에게 줄 수 있다.

인간은 누구나 행복해지고 싶어 하지 불행해지고 싶은 사람은 단 한 사람도 없다. 그런데 주위를 살펴보면 어찌하여 행복하다고 말하는 사람보다 불행하다고 말하는 사람이 더 많은가. 이는 스스로 행복을 찾으려하기보다는 망연히 행복을 기다리고 있기 때문이다.

행복은 절대 그냥 오는 것이 아니다. 행복은 행복의 함량을 생각하고 있는 만큼 노력을 해야 한다. 행복해지기 위해 노력하지도 않으면서 행복하지 못하다고 한탄하는 사람의 속내는 어리석다.

인생의 행복은 모든 사람에게 똑같이 있을 것을 기본으로 하여 어떤 경우라도 내가 갖고 있지 못한 것은 남들도 똑같이 갖고 있지 않다는 것을 발견하는 것인데 다만 '나는 할 수 있다'는 의식은 제외해야 한다.

그러나 진정한 행복을 누리고 싶거든 무엇보다 영혼이 자유로워야 한다. 영혼이 자유스럽지 못하면 모든 것이 고통이고 의욕적인 삶을 살아가기 어렵다. 영혼이 자유스럽다는 것은 한 인간에게 있어서는 참으로 행복한 일이며 자기 증오와 고통은 인간을 가치 있는 존재로 만들지 않는다. 그런 사람의 영혼은 자유로울 수 없다.

장 폴 사르트르는 이렇게 말했다.

"인간은 자유롭게 살라는 벌을 받았다. 일단 세상에 내던져지면 인간은 자기가 하는 모든 일에 책임이 있기 때문이다."

평범한 삶을 즐기는 능력과 설령 초라한 삶을 살더라도 그것을 찾아내려는 능력으로의 진행은 그 패를 같이한다. 왜냐하면 그것을 찾아내려는 능력으로의 진행은 결국 평범한 삶을 즐기는 능력을 키워주기 때문이다. 이런 믿음은 긍정적인 생각과 연결되어 행복한 결말을 가져오게 한다.

불행한 것은 즐겁게 살 수 있는 능력이 있었음에도 불구하고 잘못된 삶의 목표를 정해 그 능력을 낭비해 버린 경우, 그런 사람이 행복을 찾아 떠날 길은 요원하기만 하다. 아득하기만 하다. 하지만 과거에 불행했다는 이유만으로 계속 불행할 것이라 생각하는 것은 아무런 의미가 없다. 훌훌 털고 일어나 길을 가는 데 의미를 찾아야 한다. 작은 것을 감수함으로써 용기 있는 사람으로 성장할 수가 있다. 배고팠던 적이 있는 사람이 배부름의 기쁨을 느끼고 두려움에 사로잡혀 있던 사람이 용감한 사람으로 변할 수 있다.

오직 너에게만 찾아올 것이 행복이라면 얼마나 좋겠는가. 그러나 불행도 어느 한순간에는 너에게만 찾아올 수 있다. 그래서 세네카는 '미래

에 닥칠지도 모르는 불행한 일에 대해 깊이 생각하고 있으면 설령 불행한 일이 닥쳐도 거기에 미칠 영향은 훨씬 줄어들 것'이라고 말했다. 우리는 언제나 미래에 예고 없이 닥칠 불행에 대해 생각하고 있어야 한다.

자기보다 더 행복한 사람들 때문에 고통을 느끼는 사람은 절대 스스로 행복할 수가 없다. 왜냐하면 남들이 가진 것에 신경을 쓰는 사람은 자신의 것에 만족하지 못하기 때문이다.

우리는 자기 뒤에 얼마나 많은 사람이 있는가는 생각하지 않고 내 앞에 다른 사람이 앞서 있는 것만 헤아리고 부러워하며 힘들어한다. 결국 자신의 뒤에 있는 사람들 역시 그런다는 것을 헤아리지 못한다.

인생이라는 것은

인생은 '뜻' 아니겠는가. 왜? 라는 의문부호에 느낌표로의 전환이고 무엇[what]이 아니라 이것[this]이어야 한다.

인생이라는 것은 언제나 끝없이 즐겁고 행복한 일만 있는 것이 아니다. 빛과 어둠, 산과 골짜기의 명암이 상반되는 변화에 넘친 도정인 것이다.

불행을 피하고 고통을 피하는 방법으로서 이불을 뒤집어쓰고 눈을 가리고 있다고 해서 벗어날 수 있는 것이 아니다. 불행과 재난은 우리가 없앨 수 없는 인생의 한 부분으로서 우리들의 삶과 밀접한 관계가 맺어져 있다. 지독히도 가까운 거리에 밀착하고 있다.

그럼에도 불구하고 얼마나 많은 사람들이 자신의 인생을 독립적이고 솔직하게 살고자 노력했는지 모른다. 우리는 그들을 따라야 한다. 그렇지 못한 사람들은 스스로 인생이라는 것에 대해 자문할 필요가 있다.

나는 오늘 그대에게 묻고자 한다.

"야비하게 사는 그런 생각밖에 가지지 않은 당신은 품위도 자존심도 없는가? 생명 있는 씨앗은 없이 그저 빈 쭉정이같이 되어 약간의 세상 재물이나 명예나 자유를 얻고 그것들로 만족하는 당신은 그런 능력밖에 없는가?"

인생을 차분하게 바라보라. 거기엔 분명 뜻이 있다. 이렇게 사는 사람도 있고 저렇게 사는 사람도 있다고 치부해 버리면 인생에 대하여 어떻게 살아야 한다는 명분은 사라지지만 그래도 역시 인생은 뜻 있게 살아야 한다는 것에는 동의하지 않을 수 없다.

내부분의 사람들이 사는 방법, 즉 그들의 삶은 단순한 임시변통일 뿐이다. 그것은 진정한 삶으로부터의 회피로서 그 주된 원인은 그들이 더 좋은 것에 관하여 모르기 때문이요, 부분적 원인은 그대로 따라하지 않으려 하기 때문이다. 결국 뜻있게 살아야 하는 인생의 테제로의 회귀는 어쩔 수 없는 인간의 본말에 해당되는 것인지도 모른다.

인생은 하나의 과정이고 삶은 하나의 결실이다. 그것은 정체하지 않는다. 사실상 나는 앞으로 무엇이 될 것인가 하는 예상보다 무엇으로서 존재하는가 하는 것에 대한 관심이 더 많다. 이는 그것이 인생을 값지게 살아가는 방법일 것이란 생각 때문이다.

인생의 진실을 부정하지 마라. 이보다 치명적이고 나쁜 것이 없다. 자신을 부정하면서 살아가는 사람은 진정 살아 있다고 말할 수 없다. 키르케고르는 '인간이 궁극적으로 부정하는 것은 자신이 언젠가는 죽어야 할 존재라는 사실'이라고 했지만, 이 사실과 대면하여 사람들은 영원히 살고 싶은 원망에서 사후세계를 믿으며 죽음을 부정하려 한다. 그러나 진실은 우리는 언젠가 모두 죽는다는 사실이다. 그래서 지금 우리에게 주어진 인생이 중요한 것이다. 그래서 인생을 진실되게 살아가야 하는 것이라고 말하는 것이다.

한 번뿐인 인생에서 무엇으로 살다 갈 것인가에 대한 물음은 꼭 필요하다. 하루하루가 충실하게 진행된다는 것 자체가 인생을 흠모하고 사랑하는 행위이기 때문에 오늘 나는 무엇을 위해 사는가에 대한 진지한 물음이 필요하다. 그리곤 거기에 대답할 수 있어야 한다.

인생은 '뜻' 아니겠는가. 왜? 라는 의문부호에 느낌표로의 전환이고 무엇what이 아니라 이것this이어야 한다.

인간은 놀라운 존재이다

우리가 삶에 대해 어떤 것을 기대하는가가 중요한 것이 아니라 삶이 우리에게 무엇을 바라는지를 먼저 생각해야 한다.

인간은 놀라운 존재이다. 기적적인 존재이다.

인간으로 태어났다는 것은 세상에서 지닐 수 있는 가장 큰 영광을 지닌 일이다. 그런데 이런 영광을 지니고 태어났으면서도 삶이 영광스럽지 못한 경우가 있어 안타깝다. 시간의 머슴으로 살고 태만으로 길들여진 게으름뱅이로 살아간다.

우리 인생은 꿈보다는 기대를 따라가며 산다. 대개 기대한 만큼 이루어지고 그 방향으로 흘러가기 때문이다. 그러기 때문에 비전을 확장하려면 기대를 높이는 것이 좋다. 삶의 변화는 바로 생각의 변화에서 시작되기 때문이다.

인간들이 자기의 삶에 적응하는 상당한 요구에 있어서 적당한 사회적 성공으로 만족하고 있다. 그런 평이한 삶을 살아가는 사람과 비록 삶이 구차하고 성공적이 못 된다 하더라도 수평선을 향한 가느다란 초점으로나마 끝없이 자기의 목표를 상승시키려는 사람의 사이엔 중요한 차이가 있다.

우리가 삶에 대해 어떤 것을 기대하는가가 중요한 것이 아니라 삶이 우리에게 무엇을 바라는지를 먼저 생각해야 한다. 인간은 자기 혼자의 능력과 용기에 의지해서 살아가야 하는 존재이기 때문에 누구에 의지해 사는 것보다는 자기 자신에 의해 모든 것이 이루어지는 삶이 택해진다. 무궁무진한 능력의 발현을 보면 어떤 인간을 보아도 정말 놀라운 존재이다. 그래서 인간을 만물의 영장이라고 했는지 모른다.

위기에 처할 때 인간의 본성이 나타난다. 강하다고 느낀 사람이 의외로 약한 모습을 보이기도 하고 약하다고 느낀 사람이 의외로 강한 모습을 보이기도 한다. 그래서 인간은 놀라운 존재라고 말하는 것인지도 모른다.

시드니 스미스는 "내일에 대해서는 아무것도 모른다. 우리가 할 일은 오늘이 좋은 날이며 오늘이 행복한 날이 되게 하는 것이다."라고 말했다.

내일에 대한 오늘은 행복이 창조된 것이며 인간은 늘 이러한 창조를 무한대로 만들어낼 수 있는 능력이 있다.

본래 땅 위에는 길이 없었다. 걸어가는 사람이 많아져 결국 그곳에 길

이 생겼다. 이것은 인간 본연의 삶에 있어 진리로 통한다. 본래 있었다는 것은 자연 그 자체였지 인위적으로 생겨난 것은 애초에 없었다. 길뿐만 아니라 건물도 그렇고 환경도 그렇다. 그것을 변모시키는 것은 인간들의 행위로 말미암아 생겨난 것들이다. 그것은 인간의 능력일 수 있고 생존일 수 있고 본능일 수 있다. 곤충이 결코 나쁜 마음이 있어서가 아니라 단지 살아야 한다는 본능 때문에 사람의 살을 찌르는 것처럼 말이다.

인간은 강하다. 인간의 강한 힘을 밀치고 그 자리를 대신할 동물은 이 지구상에 존재하지 않는다. 아니 영원히 우주에 어떤 동물이 존재하더라도 인간을 뛰어넘을 동물은 없을 것이며 아름다운 세상, 이 지구의 별처럼 멋지게 발전시키진 못할 것이다.

무한한 힘을 지닌 인간의 존재, 정말 인간은 놀라운 존재이다. 존 크로우는 "물살을 거슬러 올라가려면 힘센 물고기가 되어야 한다. 물살에 둥둥 떠가는 것은 죽은 물고기라도 할 수 있는 것이니까."라고 비유하면서 인간이 강해져야 함을 설파했다.

그것으로써 삶을 이루어냈다

우리는 자유롭게 되는 자유가 아니라 노예가 되는 자유에서 빠져나오기 위해
얼마나 많은 시간을 낭비하고 있는가.

미국의 시인이자 사상가요, 철저한 생활인이었던 헨리 데이비드 소로
는 자신의 생애를 이끌어간 것의 하나는 자연이고 다른 하나는 자유라고
'자유를 생의 목적으로 삼은 사람'에서 주장하였다.

자연이란 말을 풀면 '스스로 그러함'이 되고 자유는 '스스로 비롯함'
이다. 소로는 그것을 사랑했고 그것으로써 삶을 이루어냈다. 그는 살아
지는 대로 살아간 진짜 자유인이었으며 그의 생애에는 인간을 구원할 수
있는 힘이 들어 있었다.

그러나 나는, 나의 자유에 대해 존경도 하지만 그보다 그것을 지키기
에 더 초조해 있는 것 같기도 하다. 자유롭게 태어나서 자유롭게 살지 못
하는 게 얼마나 억울한 일인가? 정신적 자유가 그리움에도 그것을 누리
지 못하는 노예가 되는 자유, 그런 자유를 지닌 사람에게서 삶의 여유라
든가 의미를 찾기란 대단히 어려운 일이다.

자연의 삶과 자유를 누리는 삶, 이를 동경하는 것은 지극히 당연한 것

이며 그것들을 찾아가는 것 또한 인간으로서 당연히 해야 할 일이다. 하지만 그런 삶을 누리기 위해 노력함에도 우리는 자유롭게 되는 자유가 아니라 노예가 되는 자유에서 빠져나오기 위해 얼마나 많은 시간을 낭비하고 있는가. 소모적인 몸부림에서 땀을 흘리는 수고가 인생의 전편에 흐르고 있다면 이것은 정말 불행한 일이 아닐 수 없다.

자연과 자유의 사상을 지니고 그것으로써 삶을 이루어냈다고 부르짖을 수 있을 때까지 우리는 우리의 삶을 사랑하고 존중해야 한다. 아무리 어렵고 설령 그것들을 내 것으로 차지하지 못해 안타까운 삶을 붙들고 있어도 우리는 우리의 삶을 사랑하고 존중해야 한다. 어떠한 형태이든 삶은 나로부터 이루어지고 마감되는 것이기 때문이다.

"뿌리가 없으면 꽃이 피지 못한다. 인격은 사상의 뿌리이다. 사상은 작으나 크나, 그 사람의 인격을 토대로 해서 세워진 하나의 건축이다. 토대와 밑받침 없는 사상은 허물어지기 쉽다. 꽃에 향기가 있듯이 사람에게는 품격이란 것이 있다. 꽃도 그 생명이 생생할 때에 향기가 신선하듯이 사람도 그 마음이 맑지 못하면 품격을 보전하기 어렵다. 썩은 백합꽃은 잡초보다 오히려 그 냄새가 고약하다."

셰익스피어가 말한 이 말에서도 우리는 삶을 이루어내는 철학이 존재한다고 긍정할 수 있다.

삶을 이루어낼 수 있을 때까지 우리는 무수한 정념에 사로잡혀 있으면서도 가야 할 길에 대한 냉정한 이성을 바탕으로 자기의 토대를 만들 수 있어야 한다. 그 토대는 인격이 될 수 있으며 자유에 대한 사상의 탐험이 될 수도 있다. 딱히 무엇이라고 정의하지 않아도 우리에게 필요한, 우리가 누려야 할 것들이 무언가는 짐작할 수 있기에 반드시 그 길을 향해 가야 한다.

이런 것들을 이해하기 위해선 문사철文/史/哲과 함께 가지 않고서는 어렵다. 문학과 역사, 철학, 보통 인문학이라고 분류되는 대표 학문들로 지성인이려면 기본적으로 갖추어야 하는 교양을 갖추어야만 한다. 그래야만 '그것으로써 삶을 이루어냈다' 고 당당히 부르짖을 수 있다.

인생은 실험실이다

중요한 것은 삶이 어떠한 방식으로 내게 다가오는가 하는 점이 아니라 내가
어떻게 삶으로 다가가는가 하는 점이다.

허버트 오토는 변화와 성장에 대해 다음과 같이 말한다.

"변화와 성장은 거저 얻어지지 않는다. 자기 목숨을 거는 위험을 무릅
써야 얻을 수 있다. 인생은 어차피 복사複寫할 수 없는 것, 인생은 실험실
이다. 감히 실험적인 시도를 하는 두둑한 용기가 있어야 한다."

자기 삶을 실험해 나간다는 것, 먼저 두려움을 느끼게 되는 것이 인지
상정이다. 그러나 바꾸어 긍정적인 태도로 이를 전환시키면 즐겁고 신나
는 일로 받아들여질 수 있다. 내가 무엇을 성취했거나 성취하지 못했거
나 나 자신에 대해서 긍정하고 나 자신을 존중하기 위해서 싸워야 한다.
나의 삶에서는 다른 사람들로부터 어떤 조언을 받더라도 내가 마지막 권
위자가 되어야만 한다. 그러나 권위는 내가 만드는 것이 아니라 남이 만
들어줘야 권위로서의 생명력이 있다. 그 생명력을 증명하는 일도 실험에
속한다.

자신이 권위를 내세우면 권위주의자가 되지만 남들이 나의 권위를 인
정하면 나는 권위자가 된다. 이는 권위는 자신 스스로가 만드는 것이 아

니라 남들이 만들어주는 것이란 사실을 말한다. 사람은 권력과 권위 등을 소유함으로써 위대한 인물과 동등하다는 허영심을 누리고자 하는 심리가 있다. 개인적인 권위를 주장하면 사람은 형편없는 사람으로 떨어진다. 하지만 남들이 만들어 주는 권위는 품위를 높일 수 있고 자신의 존재를 부각시킨다.

아침의 햇빛을 받아들이기 위해 꽃은 꽃잎을 연다. 마찬가지로 우리는 많은 것을 받아들이기 위해 마음의 문을 열어야 한다. '받아들임'의 미학에는 포용과 이해와 설득이 담겨 있다. 지구가 공전의 궤도에서 벗어나지 않는 한 태양의 빛과 열을 빼앗기지 않는 것처럼, 광대무변한 바다의 바닷물을 한 그릇에 담아 성질을 살펴도 바다의 바닷물 성질을 모두 포함하고 있듯이 내 삶의 공전이, 내 삶의 바탕이 변하지 않으면 올바르게 살아갈 수 있다.

모든 일은 기초가 튼튼해야 한다. 건물을 지을 때 건물의 기초는 땅에 묻혀 있는 기반으로 눈에 보이지 않지만 그것이 부실하면 건물은 다 쌓이기도 전에 무너지게 된다. 기초가 튼튼하게 쌓였을 때 비로소 연직선을 이용해 벽돌이 쌓여 건물이 완성된다.

인생은 다분히 실험적 요소를 지니고 있다. 변화될 수 있는 것은 모두 그렇다. 중요한 것은 삶이 어떠한 방식으로 내게 다가오는가 하는 점이 아니라 내가 어떻게 삶으로 다가가는가 하는 점이다. 이것이 삶의 변화를 이끌어내는 방법이다.

인생에서 자기에게만 주어진 시간은 그리 많지 않다. 우리는 대부분 같은 일을 반복하거나 남을 위해 보내는 시간이 많다. 그래서 변화를 도모하기 위한 노력이 향상되지 않는 것인지도 모른다.

하이디 바이어는 이렇게 말했다.

"당신이 원하는 길로 인생이 작용한다는 것을 아는 것은 당신의 책임이다. 아무도 당신을 대신해 주지 않는다. 당신의 인생을 바꾸는 힘은 당신 안에 내재되어 있다."

인생을 결정짓는 여러 순간들은 오늘날의 내가 어떻게 되었는지를 보여준다. 그 순간들은 시련의 순간일 수도 있고 기쁨의 순간일 수도 있고 성공을 예감하는 순간일 수도 있고 실패를 예감하는 순간일 수도 있었다. 그때마다 어떤 행동과 마음가짐으로 그 순간과 대항했는지를 생각해 보면 지금의 내가 어떻게 되었는가에 대한 솔직한 결과를 발견하게 된다. 당연한 결과로 나타났음을 발견하게 된다.

선택은 나의 것이다

체념의 벌판에 홀로 서지 마라. 모든 것은 결국 나의 선택이다.

'자유가 아니면 죽음을 달라'고 외친 패트릭 헨리는 자유의 선택을 최선으로 판단하였고 알프스산맥을 넘던 나폴레옹은 넘느냐 넘지 못하느냐 하는 기로에서 '불가능이란 없다'고 외침으로써 알프스산맥을 넘는 것을 선택하였다. 또한 햄릿은 자기 스스로 삶과 죽음의 기로에서 어느 한쪽을 선택할 능력이 없어 번민하였다.

선택은 나의 것이다. 어떤 것을 선택하느냐에 따라 자기 삶의 방향이 결정되고 질이 결정된다. 동서고금 인류의 지류를 따라 역사가 진행되는 모든 과정에서 어떠한 형태로든 결정적 선택은 늘 이어왔고 올바른 선택은 언제나 승리자의 능력으로 인정돼 왔다.

최선의 선택은 어떤 결과를 만들어냄으로써 강함을 지니고 등장했다. 그것은 나를 위한 변화였다. 나를 위한 변화는 강제가 아니라 선택으로 이루어지는데 그때 나를 위해서 변화가 필요하다고 생각한 사람은 나다. 20세기 신비의 문인으로 불리었던 제임스 앨런은 "인간은 자신의 정신으로부터 분리될 수 없다"고 했다. 이 말은 생각을 변화시키면 사람을 변화시킬 수 있다는 것이다.

자신이 바라는 모습으로 자신을 변화시킬 수 있는 힘, 방법은 자신의 정신을 올바르게 키우는 것, 인간은 변화하는 존재이다. 그 가운데 변화의 연옥이 있다. 이것은 죽음 너머에 있다고 하는 이론상의 연옥이 아니라 내 마음속에 실제 존재하는 연옥이다. 연옥의 불은 제련의 힘을 가지고 그릇된 자신의 정신을 걸러내면서 진정 올바른 정신의 선택으로 나를 인도한다.

모든 것이 인간에게 속해 있고 무엇을 가질 것인가는 인간의 선택에 달려 있다. 인간의 인격도 자신의 선택의 방향에 의해 예정되고 결정된다. 그리고 자신이 된다. 사랑도 행복도 슬픔도 불행도 역시 마찬가지다.

사람은 누구나 완전한 행복을 누리고자 한다. 완전한 행복은 우리가 마땅히 누려야 할 몫임에도 불구하고 행복과 거리가 먼 삶을 살아가는 사람이 너무 많다. 그들의 내면을 가만히 들여다보면 그들에게는 공통점이 있다. 바로 자기의 마음을 바로 잡지 못하고 자기만이 슬프고 불행하다는 생각에 침몰되어 있다. 누가 불행한 짐을 짊어지게 한 것이 아님에도 스스로 그런 짐을 짊어지고 살아가고 있다.

그들의 괴로움을 씻어 줄 수 있는 것 역시 자신 스스로이다. 자신이 짊어진 짐은 자신이 내려놓아야 한다. 고뇌의 한바탕을 겪고 났으면 이제 그들은 마음의 고향을 찾아가야 한다. 자신의 안식과 행복의 여정을 위해 그들이 걸어가야 할 길은 고향의 길이다. 거기서 따뜻한 사랑을 느끼고 행복을 찾아야 한다. 그렇게 할 수 있도록 노력한다면 능히 그렇게 될 수 있다. 너무 단순한 일이고 쉽게 이루어질 수 있다.

클레멘트 스톤은 "늘 하고 싶은 것을 하라. 어떤 행동을 해도 이것은 진리다. 무엇인가를 해야 한다고 하지 않을 수 없다고 말할는지 모른다. 그러나 사실 무엇을 하든 스스로 선택하는 것이다. 오직 자신만이 자신에 대해 선택할 능력이 있다."고 말했다.

행복과 슬픔, 공포와 불안 등은 자신의 것이며 그것들에 집착할 수도 있고 버릴 수도 있는 것도 자신이다. 스스로의 의지에 따라 변화시킬 수 있다. 그대의 선택이 그대의 상태를 결정한다.

세상에서 나에게 일어나는 일은 전적으로 나로부터 일어나는 것이지 외부로부터 오는 것은 아니다. 체념의 벌판에 홀로 서지 마라. 모든 것은 결국 나의 선택이다.

아름다운 사람으로 살아라

아름다운 사람으로 살아라. 설령 지금 불행하다는 생각 때문에 괴로울지라도
그 불행이 영원히 그대의 운명이라고 생각하지 마라.

'아름다움과 사랑의 대화편' 이라고 일컬어지는 《향연》에서 플라톤은
이렇게 말했다.

"사랑하는 사람과 사랑을 받는 사람이 함께할 때 서로 자기에게 알맞
은 관습을 지켜야 한다. 사랑하는 사람은 자기를 만족시키는 애인을 위
해 행하는 봉사라면 그 어떤 것도 마땅히 해야 하고 사랑받는 사람은 자
기를 현명하고 훌륭하게 지켜주는 사람을 위해 좋은 감정을 보여야 하며
사랑하는 사람은 사랑받는 사람의 지성이나 훌륭함을 발전시켜 줄 수 있
어야만 하고 사랑받는 사람은 교육이나 지혜를 얻으려고 해야만 한다.
이러한 조건이 충족되었을 때 비로소 사랑받는 사람이 자기를 사랑해 주
는 사람을 아름다운 것으로 여길 수 있다."

아름답게 살려는 사람은 수치스러운 것에 대해선 수치스러워하고 아
름다운 것에 대해선 아름다움을 표현할 줄 알아야 한다.

마음이 나쁜 사람한테 세상은 도둑놈들의 소굴로 보인다. 그러나 착
한 사람의 눈에 세상은 신들의 거주지처럼 보인다. 아름답게 살려는 사

람의 눈에는 세상이 아름답게 보일 터이다. 어느 누구도 자기의 의지와 상관없이 세상에서 밀려나진 않는다. 그런 사람은 스스로를 세상으로부터 차단시킨 것이다.

세상은 놀랍도록 신비하고 아름답다. 세상의 아름다움을 만끽하고 신비로움을 체험하려면 우리의 마음은 지극히 순수해야 한다. 이기심을 버리고 이타적인 생각 속에서 살아갈 때 비로소 맞이할 수 있는 것이다.

아름다운 사람으로 살아라. 설령 지금 불행하다는 생각 때문에 괴로울지라도 그 불행이 영원히 그대의 운명이라고 생각하지 마라. 그대가 불행에서 벗어나고자 몸부림친다면 어느새 그 불행은 구름처럼 사라지고 없을 것이다.

아름다운 사람으로 살기 위해선 아름다운 마음이 있어야 하고 따뜻한 심성을 가지고 있어야 한다. 사랑을 품고 있어야 한다. 사랑이 전제되지 않은 아름다움은 없다.

사랑은 유일한 보존력을 가지고 있다. 사랑이 증오가 되었을 때 사람들은 곧잘 사랑이 잔인하다고 상상하지만 사랑의 유일함은 그것을 마음속에 항상 품고 있다는 것이다. 그러니까 사랑으로 인한 증오는 증오가 아니라 내 스스로가 만든 저버림에서 탄생한 것이다. 보잘것없는 자신의 심성에 좋지 않은 감정을 드러낸다. 완전한 사랑은 완전한 신뢰에서 나온다.

사랑은 모든 것을 아름다움으로 바꾸는 마술이다. 사랑의 눈으로 바라보는 세상은 너무 아름답다. 그런 마음으로 바라보는 세상은 더욱 아름답다.

아름다운 사람으로 사는 만큼 아름다운 것은 없다. 그런데 미학적으

로만 기준을 삼는다면 이 세상에서 완벽하게 아름다운 사람이 과연 몇
명이나 될까? 우리는 대개 다 비슷하고 특별나게 아름다운 사람을 찾을
수 없는 것처럼 특별나게 아름답지 못한 사람을 찾는 것도 그렇게 쉽지
않다. 진정 아름다운 사람은 미학적으로 판단되는 것이 아니다. 마음으
로 나타나는 것으로서 마음이 아름다울 때 진정한 아름다움을 발견할 수
있다.

아름다운 사람으로 살아라.

모든 것이 힘이 된다

자신의 꿈을 포기할 수밖에 없을 때 그 좌절감은 겪어보지 않은 사람은 짐작할 수 없다.

세상은 지혜 있는 자를 유혹할 만한 뇌물을 갖고 있지 않다. 유능하고 가치 있는 인간은 그것을 판별할 능력이 있고 신념이 굳으면 그런 것들을 물리치려는 지혜가 절로 생겨난다. 모든 것이 힘이 된다.

씨름선수는 샅바를 잡는 연습으로 강해진다고 한다. 움켜쥐는 그 힘을 연마함으로써 상대를 넘어뜨릴 수 있는 강한 의지가 생겨나는 법이기 때문이다. 강한 힘은 약한 힘의 원인과 마찬가지로 자기 내부에 있고 행복도 불행의 원인과 마찬가지로 자신의 내부에 있다. 절대 외부에 있는 것이 아니다. 모든 것의 원인은 나로부터 시작되고 마감된다.

커다란 바위는 아무리 거센 폭풍우라도 견디어 낼 수 있는 군건한 힘을 지니고 있다. 가벼운 돌멩이와는 차원이 다르고 고목 역시 마찬가지다. 작은 묘목과 같은 연약한 나무는 거센 폭풍우에 쉽게 쓰러지는 것과 같다.

그러나 힘을 힘 자체로만 판단해선 안 된다. 진정한 힘의 원리를 알고 있어야 한다. 소크라테스는 탈옥의 권유를 뿌리치고 사형을 당함으로써 영원히 살고 십자가에 못 박힌 예수에게서는 부활한 그리스도가 나타나고 복음을 간증하다 죽은 스테파노는 돌에 맞으면서 그 돌의 힘을 무력하게 만들었다.

힘은 원하는 것을 이루게 하는 것이지 폭력을 준거하는 제압하는 수단으로 써지면 그것은 진정한 의미에서 힘이 아니다. 모든 것이 힘이 되

는 것이란 정의는 어떤 일이 일어날 때 어떤 사람이 그것을 얻고자 행동한다면 그 사람은 그것을 원하는 것으로서 바로 그 사람의 뜻이 된다. 그것이 바로 힘이다.

말과 행동이 도덕 원리에서 벗어나선 안 된다. 이것이 그대의 힘이다. 어리석은 사람은 타인을 비난하면서 자신을 정당화시키지만 지혜로운 사람은 타인을 정당화하면서 자신을 비난한다. 이것도 그대의 힘이다. 행복한 마음은 남들로부터 사랑을 받는 데 있지 않고 남을 사랑하는 가운데 있다고 믿고 있으면 역시 이것도 그대의 힘이 된다.

우리는 돌고래처럼 자유롭게 바다를 헤엄치지 못하기 때문에 바다 속을 그리워하고 새처럼 날 수 없어 드넓은 하늘을 동경하고 있는지 모른다. 이러한 사실을 깨달았을 때 우리의 세상은 한없이 넓어질 것이다.

자신의 꿈을 포기할 수밖에 없을 때 그 좌절감은 겪어보지 않은 사람은 짐작할 수 없다. 그러나 우리가 알아야 할 것은 포기하는 그 순간이야말로 새로운 단계로 나아갈 수 있다는 것을 잊지 말아야 한다. 그 순간은 절망의 순간에서 희망의 순간으로 이완되는 단계이다. 자신의 꿈을 포기하는 것은 정말 고통스럽지만 그 순간이야말로 새로운 도전이 시작되는 때라는 것을 한시도 잊어선 안 된다. 역설적인 말로 들릴지 모르지만 포기해야만 새로운 것을 얻을 수 있다는 교훈에 다가선다. 교훈을 알았을 때 이것도 그대의 힘이다. 모든 것이 힘이 되는 것이다.

가장 짧은 길을 달려가라

인생은 얻는 것이고 정복하는 것이다. 얼마만큼의 총량을 따지는 것이 아니라 하나하나 이루어가면서 살아가는 것이다.

전부가 아니면 아무 것도 없다는 생각을 버려라. 일이 계획대로 되지 않는다고 하여 실망하지 말고 좋은 여건을 만들었다는 데에 만족하라. 그리곤 가장 빠른 목적을 향해 달려가라.

일의 성취는 우선 달성하는데 있다. 그럼으로써 자신감을 획득하고 더 멀리 더 많은 것을 목적으로 삼고 다가가게 된다. 그러나 돌다리도 분명 두드려 보고 건너야 한다. 이 말은 그대에게 망설이거나 주저함을 권하고 있는 것이 아니라 사실을 잘 알지도 못하면서 급하게 행동하는 것을 경계하라는 말임을 잊지 마라.

가장 짧은 길을 달려가 일의 성취를 단계적으로 벌여 완성하면 마치 계단을 통해 정상으로 향하듯 목적지에 더 빠르게 도달할 수 있다. 무조건 목표를 크게 정하고 높은 정상에 오르려 하는 것만이 능사가 아니다. 먼 거리를 달릴 때는 그만큼 호흡이 길어야 하고 폐활량이 커야 한다. 힘든 구간을 만나 포기하려는 마음도 들고 목표지점에 무사히 들어갈 수 있을까 하는 두려움과 만나기도 한다. 경쟁자와 물고 물리는 레이스를 펼치며 신경전도 벌여야 한다. 그러나 짧은 길을 목적으로 삼고 하나하나 정복해 가면 그 완성도는 더욱 견고해질 수 있다. 하나하나의 취득이 자신이 되고 기초가 되며 목표를 쌓아가는 일이 된다.

오늘 할 일을 내일로 미루지 마라. 아침에 할 일을 저녁때로 미루지 말며 맑은 날 해야 할 일을 비오는 날까지 끌지 말아야 한다. 미루는 순간에 맞이하는 것은 미루는 순간보다 조건이 좋지 않은 경우가 대부분이다. 그래서 낭패를 보는 수가 종종 있다.

해야 할 일이 생기면 당장 해치워라. 미뤄야 할 이유가 절대적인 것이 아니라면, 게으름으로 말미암아 미루는 것이라면 그건 옳은 일이 아니다. 나를 뒤처지게 하는 일이며 발전을 가로막는 일이며 정지시키는 일이다.

누구에게나 반드시 해야만 하는 일이나 할 수 있는 일이 너무 많다. 이를 깨닫지 못하고 실행에 옮기지 못하는 사람은 어리석고 게으른 사람이다. 돌아보면 모든 것이 내가 해야만 하고 그것을 해낼 수 있는 일들이 즐비하다. 시간이 적어 애를 태울 정도로 할 일이 너무 많다. 망각이 병세로 가득 찼으면 모를까 그렇지 않으면 지체할 시간이 없다. 그대로 지나쳐 나오는 상관없는 일이라 여길 수 없다.

자신의 보폭이 어느 정도인가를 파악하고 있어야 한다. 보폭이 짧은 사람은 보폭을 아무리 늘리려 애써도 자신의 보폭의 넓이는 달라지지 않는다. 처음 얼마간의 거리는 늘려져도 이내 자신의 보폭대로 가게 되어 있다.

인생은 얻는 것이고 정복하는 것이다. 얼마만큼의 총량을 따지는 것이 아니라 하나하나 이루어가면서 살아가는 것이다. 가장 짧은 길을 달려가라고 말하는 것은 눈앞에 있는 작은 것 하나부터 차근차근 이루어나 가라는 뜻이다. 짧은 길을 달린 뒤 끝내라고 말하는 것이 아니라 인생을 소구간으로 쪼개 하나씩 점령해가라는 것이다. 전 구간을 완주하는 마라 톤 선수의 기초는 단거리를 연습하는 일이다. 단거리를 연습함은 마지막 스퍼트에서 스피드를 내기 위함이고 최후의 승리를 향한 발판을 마련하 기 위함이다.

낙타처럼 걸어라

초판 1쇄 인쇄 2015년 2월 23일
초판 1쇄 발행 2015년 2월 28일

지은이 ㅣ 유현민
펴낸이 ㅣ 이정란
회 장 ㅣ 김순용
펴낸곳 ㅣ 이인북스

등록번호 ㅣ 2007년 12월 14일 제311-2007-36호
주 소 ㅣ 122-891 서울시 은평구 증산로17길 6-27, 301호
전 화 ㅣ 02) 6404-1686
팩 스 ㅣ (02) 6403-1687
이메일 ㅣ 2inbooks@naver.com

값 13,500원
ISBN 978-89-93708-42-4   03810